把星星都點亮

肆一

自序

被擁抱著的視線落差

視線的落差。

同樣一件事，另一個人看到的，是不是跟自己所見的，其實不一樣？

就跟人的身高一樣，即使站在同樣一個位置，卻會因為身高的差異，跟著看到的東西就不盡相同了。差別或許很細微、很不明顯，可能是加了百分之五白色的灰與沒加白的灰，乍看相似，可其實並不一樣。

一小個又一小個碎片，我們每個人看到的都是事情的一個部分而已，然後各自解讀、再各自延伸，最後就長成了一個跟初始不相同的故事。每個人的視線所看到的同一件事，到底有什麼差異？人心的微妙變化又是什麼？因為對這件事很感興趣，所以想寫一本這樣的小說。我想用一個很簡單的故事來寫這件事，平凡到就像是會發生在我們身旁的事一樣，然而所有的簡單都是因為有人摻雜在其中而變得不簡單。也就因為故事簡單，所以更能凸顯出視線的落差。

因為人是不完美的生物，會哭、會笑；會讓好的事發生、但也會犯錯；用自己的方式去愛人、也會傷害自己所愛的人；懷抱著祝福的同時卻也隱藏著嫉妒、傷害別人的時刻卻也讓自己受了傷……然而在更多時候，其實我們常常不知道自己會走到哪裡去，卻也到了今天。

可是，即使是這樣，並不表示我們不值得被愛、無法被原諒。每一個人都是為了自己相信的事物在堅持著，或許有些幼稚、也常常感到茫然，甚至是不知為何做了那樣的決定，但跌跌撞撞卻終於都能經歷了過來。這本小說就是在寫這樣的事。

從來都沒有想過，自己會有機會可以寫小說。因為相較於散文，小說是更不暢銷的類型，尤其是華文小說。可是對於一個喜歡文字的人來說，小說始終都是一個殿堂。憧憬且嚮往。而且，這本書還不是大家對我最熟知的愛情主題，這或許可以說是我的任性，當然還是緊張大家的反應，但至少問心無愧。謝謝一直以給予支持鼓勵的大家，以後也會繼續加油。

然而，仍希望故事可以是溫柔的、有點是療癒的。即便只是一個簡單的故事，裡面的角色也都有各自有討人厭的地方，但一定也有讓人認同的地方吧。我一直覺得這就是真實人生的樣子。開始構思這本小說的時候，最先確定的一件事就是：我想寫一本裡頭角色沒有絕對好壞的故事。因此，也努力在做到這件事。

這本書不是要大家單一地去喜歡裡面某一個角色，而是希望在每個角色身上都能發現一點自己或是周圍的人，不管是好的部分，就連壞的也是。不是去認同裡面的人物，而是覺得自己被認同了。

最終，所謂的「視線的落差」，其實是「被擁抱著的落差」，我們都不同，但卻都在學習著可以好好珍惜對方。這一本小說、我的第一本小說，想寫給每個不完美的我們，給希望被擁抱的每一個人。

肆一

目次

第一章

男朋友

「芊芊自殺了！」

接到阿群打來的電話時，允辰正在前往君艾家的路上，但因為這通電話，中斷了他原本急促的腳步。

「先生，不要突然停在馬路中間好嗎？」緊跟在後的行人突然撞上，發了一聲牢騷，繞過繼續往前走。

允辰仍然呆站在路邊，腦中一片空白「嗡嗡——」地作響，像是被掛斷的電話，傳進耳裡的盡是單調的尖銳長音，好像要刺進身體裡一樣往心裡鑽。

路旁樹葉被昏黃的燈光照得發亮，葉子邊緣繞出了一圈的光暈，風一吹就像是千萬隻飛舞的蝶一樣，允辰感到一陣暈眩，只聽見自己的心臟狂跳著，震耳欲聾。

……是我害死了芊芊！

緊接著，這一句話立刻就從允辰腦海冒了出來。是他害死了芊芊，她是因為自己才自殺的！一定是因為今天的那件事，所以芊芊才會想不開，當時她的態度異常冷靜，現在回想起來，應該就是因為打擊太大所以才無法有任何的反應，一定是這樣。如果他沒有說那件事就好了，這樣芊芊也就不會出事了！

「喂、喂，你還在嗎？」電話那頭又響起阿群的聲音。

「在，我馬上就過去，等我一下。」

一掛斷電話，允辰立即隨手一揮，招了輛計程車跳了上去。

「麻煩快點。」等不及門關上，允辰迅速報了地址，語末還加上這一句。然後，「咔」地車門一關，立即就將外面吵雜的車水馬龍給隔絕，只剩下車內電台播送的音樂在迴盪著。

突然的靜默。允辰這才聽到電台正在播放的歌曲是謝震廷的〈燈光〉，這是他跟芊芊的定情歌。允辰驚訝這樣的巧合。

當時，剛好電台裡也是撥播出了這首歌，他跟芊芊在沒有約定的狀態下，隨著旋律同時間一起哼了同一句歌詞，然後再因為發現有個人跟自己一樣，又一起笑了出來。這是他跟芊芊第一次見面發生的事。

他跟芊芊其實是透過君艾而認識的，不，不對，應該說是因為君艾而認識的。他們會交往並不是預期之內的事。允辰跟君艾是同事，但因為隸屬不同單位，所以平常根本沒有任何的交集，是一直到某回他去共用的茶水間泡茶時，恰巧遇到了君艾才認識。

雖然是同事，但更正確地說其實是同個集團底下的不同事業體，所以自然所在的樓層也不一樣，他在七樓、而君艾則在六樓，但茶水間是兩層樓共用一間，扣除掉一樓後，二、三樓一間；三、四樓一間……以此類推，統一都設在較低的樓層。因此，允辰每天總會有幾回到樓下倒水。

有的同事會準備兩千CC的大水壺與保溫瓶，一口氣裝滿一天份量的水，免得麻煩。允辰也這樣想過，但總覺得水擺久了不乾淨，所以還是維持每天下樓數次倒水的習慣。時間也幾乎固定：上午十點上班時、中午吃完飯時，還有午後三點與五點。

當時他正在把茶包從茶水裡給撈出來，準備把茶包的線繞到湯匙上後再擺到杯緣上輕壓。這是他從網路上學來的方法，這樣可以把茶包裡剩餘的茶水給擠出來，從此就變成了他的習慣動作。實事求是，遇到疑惑第一個動作就是上網搜尋解答。

他是個規律無聊的人，早上一杯咖啡下午喝茶、走同樣的道路、去相同的店，謹慎而小心，只有旅行是他最大的變數。

而當時，君艾正與另外一名同事在討論著超商集點的活動。

「我差兩點就可以集到杯子了，但活動到今天就截止，換不到了。」當時君艾這麼說，語氣裡有明顯的懊惱。是真的很想要杯子吧。

「我本來有多兩點，不過剛剛給人了，還是等下我去問問誰還有多點數？」另一個同事這樣回。

「這樣會不會太麻煩別人了？不好意思啦。」

「不會啦，不然只差兩點好可惜喔，點數這麼難集。波波獅好可愛喔。」

這次的超商集點活動是日本的卡通商品，主角「波波」是一隻身體藍色、五官擠在一起的動物，像貓又像狗，但官方資料說它其實是獅子。「根本就不像啊。」記得第一次看到時，允辰還說了這樣的話。

但不知怎麼地，當下就莫名對波波獅有了好感，雖然不會刻意收集相關的產品，但如果能有選擇，就會以波波獅優先。就像是現在手上正在裝水的馬克杯，便是之前信用卡的刷卡禮，當時有其他更實用的商品可以挑選，但他還是挑了印有波波獅的馬克杯。杯子是一對，允辰一只擺在家裡，一只帶來公司。也就是因為如此，平常不注意超商集點活動的他，才會注意到這次的活動。

「我那邊有多的點數，等下拿給妳。」允辰突然脫口而出這句話。因為每天的早餐都是在超商裡解決，總是會拿到一些用不到的點數，而且他也早已經集到了一個，他只有一張嘴，不需要再更多的馬克杯了。

「真的嗎？但你不是也喜歡波波獅？」君艾聽了喜出望外，同時也看了一眼他手上的馬克杯。

「它是滿可愛沒錯，但我已經集到一個了，不用這麼多個杯子，沒關係。」

這是他跟君艾開始有交集的契機：波波獅，也是允辰對君艾的第一個印象。之後，兩個人時常在茶水間相遇，跟著也慢慢熟識，最後就變成了朋友。

之所以會認識芊芊，也是因為某日君艾突然跟他說：「週末我跟幾個朋友要去野餐，你要來嗎？」那是允辰跟君艾認識兩個多月後的事。

君艾說的幾個朋友，芊芊就是裡頭的其中一個。對了，那次聚會在場的還有阿群、小草，後來允辰才知道，他們四個人原來是大學同學，即使已經畢業多年，但現在仍舊維持著每個月見面吃飯、聊聊近況的習慣。而當他跟芊芊交往之後，也自然地加入了他們的群組，四人聚會變成了五人。

其中就屬芊芊跟君艾認識最久，兩個人是高中同學，比其他兩個人的時間更長，至今已經超過了十個年頭，常常形影不離。芊芊曾經開玩笑地對他說，如果他跟君艾同時落水的話，她一定會毫不猶豫選擇先救君艾。她們兩個人就是這樣的情誼，情同姊妹。

阿群與小草都知道，也從來都不會計較，即便後來他跟芊芊是情侶也無法比較。芊芊曾經不止一次說過：「這個世界上對我來說，最重視的人就是君艾。」

「那我呢？」一開始允辰還會這樣反問。

「第二重要。」

「為什麼？我是妳男朋友耶。」

「但君艾是我的親人。」

當時芊芊說這句話時認真的表情，允辰至今都還記得很清楚。親人。那是一種不容質疑、沒得反駁的神情。那次之後，他便再也沒提起類似的話題。

不過他們的第一次見面並不是野餐，因為氣象預報當天會下雨，所以臨時改約在咖啡館碰面。但氣象預報並不準確，那天出了個大太陽，只是因為來不及準備餐點了，所以大家還是決定約在咖啡館見面。

那是一家位在二樓的咖啡館，店名叫「小角落」，意思是希望每個人都可以在這裡找到屬於自己的容身之處，哪怕只是一個小小的角落。店裡有一整面牆的書與一大片的落地窗，窗外是成排的樹蔭，陽光灑下穿越點點樹葉，在桌上與地上留下像是水漬般的影子，桌子與椅子幾乎都是木製。座位並不多，只有五張桌子，是一家文青味很重的小店。

允辰提早了十分鐘抵達，進門時只剩下一張桌子還空著，他別無選擇。將安全帽輕擺坐下後，允辰也立刻就發現隔著兩桌的位置上，單獨坐著一個有頭烏黑長髮的漂亮女生，因為只有她一個人，與其他都是兩至三人的桌次形成對比，所以一眼就注意到。

由於允辰並沒有見過其他人，加上提早到的關係，所以當他一進門沒有看到君艾時，理所當然就以為自己是第一個抵達的人。直到君艾在他之後氣喘吁吁地出現，他才發現自己其實是第二個到的，早在他之前芊芊就已經在店裡。那個單獨坐著的女生就是芊芊。

允辰後來才知道，每次的約芊芊總是會提早到，「我不喜歡等人的感覺。」熟識一點之後，芊芊曾這樣說過。一開始允辰不是很明白，後來才懂了，原來她說的是，因為不喜歡等人，所以自己就不要讓別人等。

芊芊是一個很討人喜歡的人，漂亮、纖細、講話輕聲細語，走路時，一頭細柔的長髮總在身後飛揚，加上異常白皙的皮膚，更顯得髮色烏黑。她身上總是散發著一種「完整」的感覺，無論從表情、化妝、衣服，到姿態，都像是隨時已準備好的狀態。

對女生的美好想像都在她的身上可以找到，允辰幾乎是第一眼就喜歡上她。同時他也發現，芊芊備受其他人呵護，幾乎所有的團體裡都會有一個這樣的角色，就像是公主，而芊芊就是。

不過，芊芊並沒有一般對漂亮女生所認定的驕縱氣味，她很獨立自主、也不崇尚名牌，當然也有一些缺點，只是都無傷大雅。

「連缺點都恰到好處。」允辰曾經這樣想過。

也因此當後來知道芊芊仍是單身的時候，他驚訝得幾乎合不攏嘴。

「妳還是單身？怎麼可能？」允辰還記得當時自己反應有點大驚小怪，讓現場的人都笑了出來。

「緣分還沒到嘛。」芊芊只是這樣回。

「妳一定很挑喔？」事後回想，允辰才發現這樣問其實很失禮。只是由於訝異，所以自然脫口而出。

然而這句話同樣又把大家給逗笑了。

「哈哈哈，你已經不是第一個這樣問的人了。」回答的是阿群，他是團體裡最會炒熱氣氛的人：「每個剛認識芊芊的人都會這樣問，後來我們得出的結論是：『對，她就是很挑沒錯。』」

說完大家又笑了。

「哎喔，你們不要把我塑造成很難搞的角色好嗎？才剛認識不要嚇走新朋友啦。」芊芊也笑著反駁，語氣裡有股撒嬌的味道。

「不會、不會，別擔心。」允辰趕緊揮揮手，又緊接著問：「那妳喜歡什麼型的男生？」

「這⋯⋯很難說得清楚⋯⋯」芊芊欲言又止，一臉的為難，眼神飄向了小草，像是在求救似的。

「啊，還是妳喜歡的是女生？」看出了芊芊的為難，允辰沒頭沒腦地吐出了這句話。

此話一出，又是哄堂大笑。

「喜歡同性別的是我啦。」回話的又是阿群。

「咦？什麼？」

「你這麼積極問芊芊喜歡的類型，是想幫她介紹嗎？」阿群揚起一抹看好戲的笑容：「還是說你喜歡芊芊？乾脆你們兩個在一起好啦。」

「什麼？」

「對啊，要不要考慮考慮？」團體裡扮演比較沉穩角色、一直沒出聲的小草也突然插嘴進來。

「對啊，好不好？」阿群又起鬨。

「什麼？」允辰還是一頭霧水，不斷地重複著這句話。

「你們不要鬧了啦，真是的。」出聲制止的是君艾，接著轉頭跟允辰說：「他們就是愛開玩笑，不要介意喔。」

「不會啦，我知道大家是在開玩笑，放心。」

「那如果不是玩笑呢？」

說這句話的是芊芊。

頓時氣氛安靜了下來，只剩下允辰的一聲「咦？」在空氣中迴盪。

「逗你的啦。」芊芊眼睛閃爍著惡作劇的光芒。

此時背景傳來的音樂就是〈燈光〉，他跟著哼唱了一句「在你需要我的時候把開關按下」，芊芊也是。允辰從芊芊的眼神也發現了她的驚訝，他們相視而笑。

之後跟芊芊交往後，允辰一直把這首歌當成他們的定情歌曲。

當時誰也沒想到，就因為阿群的一句玩笑話，最後竟然是他跟芊芊的緣分開端。

「乾脆你們在一起好了」這句話當然並沒有讓芊芊跟他交往，只是因為這一句玩笑話瞬間就拉近了兩個人的距離，有些曖昧的氣氛在流動著。

當天聚會結束後，允辰立即就接到了君艾的電話，她在那頭說著：「今天的玩笑有點開過頭了，你不要覺得不舒服、不要放在心上喔。」因為擔心，她還特地打了電話來關切。

「不會啦，妳也把我想得太脆弱了啦。」

「不是啦，怕你誤會而已，沒事就好。」

「放心，沒事的，妳的朋友都很好相處。」語末允辰還特地這樣強調。

但就像是所有提醒不要在意的事愈是會加倍注意到一樣，君艾的特別關心反而使得允辰更加在意起了芊芊。

不過，允辰並沒有因此而有進一步的動作。一部分原因是因為他沒有天真到會把玩笑話給當真；另外一部分則是因為他自認為高攀不起芊芊。他是個樣貌職業，甚至連娛樂都是平凡的人，而芊芊則是在人群裡閃耀的發光體，就像星星。

她不會喜歡上自己的。

因為沒有自信，即便是對於芊芊有著好感，但允辰仍然沒有任何作為，不要說主動跟她聊天，就連向君艾打探消息都不敢。謹慎的人。

真正讓兩個人有所交集的是旅行。在允辰少數幾個稱得上是興趣裡頭，除了登山外，旅行便是另外一樣，他每年總會安排幾趟的遠行，不管是有伴或單獨都會出去走走。這點芊芊也一樣。而且更讓允辰感到驚訝的是，看似嬌貴的她，旅行的方式都是自助旅行，機票、飯店、交通樣樣都自己來，也就是因為這點，允辰才開始覺得自己或許有機會。芊芊並不是他以為的那種女生。

他們最先聊的地方是葡萄牙。原因是允辰在臉書上擺的大頭照，背景便是里斯本著名的黃色電車，因為很獨特，所以芊芊一眼就認了出來。這是她預計的下一個旅行地點。

但由於葡萄牙並不是一個熱門的旅行地點，因此相對資訊也少，所以芊芊便向他請教相關的問題，於是開始漸漸熱絡。而愈是聊天，允辰就益發對芊芊愈是有好感。

不過當時芊芊並不知道，允辰是聽了君艾說她正在計畫要去葡萄牙旅行，所以才刻意換了那張大頭照。

「你覺得里斯本住在哪一區比較方便？我其實很喜歡阿法瑪，但交通似乎不方便？」

阿法瑪是里斯本的老城區，充斥著蜿蜒的小巷與起伏的山坡地，雖然很有歐洲的舊城風情，但沒有地鐵經過，來往市區的復古電車也狹小到不適合拖著行李走，實在太不方便了。

「阿法瑪很有葡萄牙風情沒錯，但比較方便的選擇是綠線的羅希歐站，不僅是正市中心，而且之後若要去羅卡角，車站也就在旁邊而已，很方便。」

「那麼，晚上會很吵嗎？我擔心正市中心晚上會很喧鬧。」

「不會、不會，比起巴塞隆納、巴黎等城市，里斯本相對還是沒有那麼多觀光客，安靜許多。」

「太好了，實在不喜歡人太多的城市。」

「妳等一下，我找一個網址給妳，上頭資訊很多……」

兩人的話題始終圍繞著旅行、圍繞著葡萄牙，並沒有更多的交集，只是聊著聊著，一直到某天允辰突然對芊芊說：「不然，我跟妳一起去葡萄牙吧。」

主因是當時原本答應好一起與芊芊同行的旅伴突然反悔，因此她正煩惱著是否該一個人獨自前往。雖然葡萄牙治安並沒有那麼差，但畢竟是要飛行十六個鐘頭外的地方，人生地不熟的，部分出於擔心，所以允辰才這樣提議。

允辰原本也預計芊芊可能會拒絕，雖然兩個人已經認識好一段時間，但並沒有久到足以培養出夠多的信任。而且，他畢竟是男生，再怎麼親近的朋友，性別仍然難以跨越。

「真的嗎？好啊。」然而沒想到，芊芊竟然爽快地就答應了。

最先知道這件事的是君艾。本來允辰預期她會因為自己的好姐妹有朋友照顧而感到開心，但她卻是第一個、也是唯一一個投反對票的人。

「這樣不好吧，畢竟男女有別，別人聽到觀感還是會不好。」

允辰立即就懂了君艾的顧慮，這是她保護芊芊的方式。

「放心，我不會踰矩的，這點妳可以相信我。」

「但是，兩個男女一起出國旅行畢竟是有點親密的行為……」

「不會的，我們會住青年旅館，所以都是好幾個人同一間臥室，不會有事，妳放一百二十個心吧。」允辰早就跟芊芊討論好這件事。

「但無論再如何坦蕩，我們也管不著別人的嘴啊，你知道有心人想要說什麼的話，什麼都可以拿來說嘴。」

「沒關係，我不介意。」芊芊此話一出，君艾才沒再反駁。

相較於君艾的憂心忡忡，反倒是阿群一派輕鬆，甚至開始搜尋起了要買什麼紀念品給他的資訊，而小草則還是同樣一副不置可否的樣子。

然而旅行回來後，他們兩個人就在一起了。

他們約好一起在聚會時跟大家公布這個消息。

允辰還記得當時君艾聽到這個消息那不可置信的表情，跳針似的問著「真的嗎？」就連平常鮮少展露情緒的小草都顯露出驚訝。看到他們的反應，允辰還開玩笑地說：「你們很不給面子耶，好像芊芊跟我在一起很不相配似的。」

「當然不是這個意思，不要誤會……」小草趕緊打圓場。

「不會啊，我早就覺得你們兩個人很配。」阿群還是一副樂天的模樣。

「那你們怎麼在一起的？」小草不理會阿群，接著又問。

「應該是在波多吧。」允辰看了一下芊芊，她則輕輕點了頭確認。

波多最有名的景觀就是從路易一世鐵橋眺望舊城區，尤其是黃昏的時候，燈火初上、夕陽也在天空染出層層的漸層時，蜿蜒的多羅河面會染上瀲豔的色調，這幾個小時天色的變化最為美麗。

歐洲早晚的溫差很大，所以常常雖然白天覺得炎熱，但一入夜就涼了，溫度便降得很快，他們旅行的九月已經開始入秋，這樣的氣溫變化更是明顯。

當天因為在橋上待久了，連吹了幾十分鐘的風，所以芊芊禁不住寒冷，身體不由自主地開始微微發抖。即便她盡力克制，但仍被允辰發現，他脫下了身上的襯衫讓芊芊披著，還是止不住身體對氣溫驟降的反應。

當時允辰便提議回旅館，但芊芊堅持不肯：「這是在波多的最後一個晚上了，而且旅行也快結束了，我想要多看幾眼這裡的風景。」於是允辰只得陪著。

由於允辰已經來過這座城市的關係，所以整趟旅行幾乎都是由他帶路。而芊芊是一個把旅行功課做得很足的人，出國前特地列印了好幾張的資料帶著，雖然她刻意遮掩，但允辰仍有發現芊芊對於自己的導引一開始其實抱持著懷疑的態度，好幾次都看到芊芊在確認相關資訊。幾天相處下來之後，才終於完全信任了他。

「導遊，明天早上幾點集合？」

「導遊，今天要去哪？」

「導遊，從這邊到那裡要多久？」

每天，芊芊都會這樣問他，笑稱他是導遊。對此允辰油然而生一股成就感，甚至是有點虛榮。全然的託付帶來愉悅。

在旅行期間，他們兩個人大多是並肩一起走，一路閒聊，芊芊很少提及自己的事情，大多是聊著旅行、生活，但卻也漸漸培養起在台灣沒有的默契。比較重的水會由允辰攜帶，芊芊則負責注意時間，以免錯過車班或是營業時間。

整趟旅行，允辰都是以很難察覺的些微領先帶著路，偶爾再配合芊芊的步伐停下來拍照，兩人相安無事，什麼旅行會讓人容易吵架、感情生變等，都沒有發生。旅行或許會讓人看見一個人最真實的樣子，但卻不一定會讓關係往後退。

後來允辰才發現，託自己已經來過葡萄牙的福，他不用花過多心力在認識這個國家上頭，反而有更多的時間可以觀察芊芊，她的習慣、她的喜好，甚至是她的思維脈絡。

就像是堅持要待在橋上等天黑的舉動，不知情的人或許會認為，芊芊這樣的行為有點任性幼稚，怎麼不會照顧自己的身體，要是生病了只會連累同伴而已？但十幾天的旅行相處下來，允辰知道這是芊芊的韌性，這是她評估過後的決定，芊芊不是個魯莽的人。她比他以為的還要堅毅，一言一行都是有其理由。而這也是這趟旅行，允辰對芊芊產生的信任，這樣的性格，更是加強了他對她的喜歡。

但或許是因為天冷的關係、也或許是因為異地相依為命的催化，兩個人不知不覺便緊靠在一起，原本芊芊不斷摩擦生熱的雙手，最後終於由允辰的手給覆蓋住。

「好浪漫喔～～」聽到這裡，阿群誇張地拉著長音。

「原來是這樣。」小草則是一貫的冷靜。

「那……是怎麼確定兩個人在一起的？」君艾終於開口說話：「是誰先問對方的呢？」

「一定是男生嘛，這還要問嗎？」阿群覺得這個問題也太沒有建設性了。

「是嗎？」明明是該向允辰確認，君艾卻轉頭看著芊芊，彷彿還在疑惑方才仍是玩笑話。

「其實沒有誰先開口說什麼，但之後是我先主動去牽芊芊的手沒錯。」

「就說吧。」阿群聳聳肩。

「那個……」小草突然開口。

「什麼？」

「我跟梅子分手了。」小草突然冒出這樣一句話，幾乎比起剛剛芊芊與允辰交往的消息更讓大家感到驚訝。

「咦！什麼！」率先發難的是阿群，他拉著小草的手不斷追問著。

但小草只是揮揮手表示日後有機會再說。

對於這件事允辰是狀況外，君艾則因為接踵而來的事件而驚訝得講不出任何一句話，

而芊芊只是訝異地看著小草，沒有多說些什麼。

這是允辰跟芊芊認識四個月後的事。

不過即便五個人小圈圈裡多了一對情侶，但實質上的相處並沒有起什麼變化。除了允辰跟芊芊私底下單獨出去的頻率變高了之外，大家還是會時常聚在一起吃飯聊天、聊八卦是非，通常都不是很認真地在討論些什麼，比較像是出現了，讓彼此確認你沒事，類似這樣的感覺。

以前允辰會覺得這樣的聚會很沒有意義，後來才明白這樣反而是最簡單明白的一種培養認同感的方式。而他們之間也一直都是以這樣的方式在互相維持著連繫。

一直到再更久之後，允辰進一步發現類似這樣的聚會，幾乎都是由芊芊發起，而不是認知裡最搞笑愛熱鬧的阿群。

「總要有人做這件事啊。」允辰曾經問過芊芊這個問題，但她這樣回答，就像是一件理所當然的事一樣。

當時允辰並沒有多做思考這件事，只覺得每個團體都有各自相處的方式，但更後來才慢慢察覺，其實芊芊比他以為的更加重視他們的友情。她會以一種不著痕跡的方式照顧每個人的心情，發現有異就會私下關心，真要比喻的話，類似是四個人之間的接著劑，讓大家維持和諧與緊密，就像是主動發起聚會這件事一樣。這點也再次讓允辰感到驚訝，再次推翻了他一直以為美女比較嬌貴的既定印象。

芊芊真的很看重友情。允辰不止一次這樣想。

因為還年輕的關係，所以允辰從來都沒有想過結婚的事，對他而言，兩個人相愛、相處，如果能夠一直持續下去的話，有一天就會走到結婚。根本無須規畫，也不用勉強，可是也不會排斥。對他來說，結婚是個自然的存在，自然到根本不需要特別去思考。對芊芊他的想法也是一樣。

即使芊芊是他理想中的對象，但這並不會迫使他要加倍去進行什麼事情，他很喜歡這樣的戀愛方式。若有天真的有機會走到跟芊芊步入禮堂，他也樂見其成，而芊芊也是這樣想。甚至有一度，允辰也覺得會有這樣的一天，兩個人會一直走下去，直到某天情況突然變了。

如今回想起來，當時情況的轉變並不像是季節交替的氣溫一樣緩慢地轉換，而像是午後突然的一場大雨，讓人措手不及，等到發現的時候已經全身濕透。

那又是一場旅行。

只不過不只有他們兩個人，而是跟君艾、小草以及阿群五個人一起同行。雖然他們五個人時常聚在一起，但真正一起旅行卻是第一次。因為每個人工作的不同，所以要同時有空檔可以湊在一起並不容易，加上沒有特別的必要，所以就一直沒有成行過。很多事情都是這樣的，都需要一點勉強、一點刻意才成得了。而這次的契機是因為小草失戀了，所以大夥兒陪他去散散心。

也就是因為這件事，允辰才驚覺，雖然他們已經認識好一陣子，但其實他並不是真的了解其他人，因為在很短的時間內，他的注意力全都被芊芊給佔據了，然後自然而然就變成了跟大多數情侶的情形一樣，有芊芊就會有他、有他就會有芊芊，兩個人是一體的。允辰從來都沒有私底下與其他人相處過，除了偶爾在茶水間遇到君艾會閒聊之外，他對他們的所有資訊幾乎都是來自芊芊。

跟著他也發現，初次見面時阿群那句「喜歡同性別的人是我」原來不是開玩笑，他的確是喜歡男生。對於允辰來說，他對於同志並不會排斥，但也稱不上認同，更精確地說，比較像是「跟我沒有關係」的思維，可以當朋友，但也不會特別想親近。阿群是團體裡最活潑的人，常常逗大家開心，似乎煩惱在他身上都會被消除似的。芊芊不是個八卦的人，所以她從來都沒有講過阿群的感情狀況，只是允辰也從來都沒有主動開口問過。

至於小草，則像是裡頭的領導角色。話很少，但只要一開口，就會影響決定。他有個交往很久的女朋友，同樣在台北念書，但因為兩所學校距離遙遠，所以各自住在離學校近的地方，週末才見面。交往期間兩個人雖然總難免吵吵鬧鬧，但沒有一回像這次如此嚴重。

不過允辰從來都沒有見過小草的女朋友，他曾經這樣問芊芊：「為什麼小草的女朋友都不一起來聚會？」芊芊只是輕描淡寫地回答：「你說梅子嗎？大概就是頻率不對，一開始有參加過，但後來都是小草一個人出席，我們也不方便多問。」

雖然芊芊說得籠統，但允辰其實知道她想要表達的是什麼。比較年輕的時候，都會勉強自己去融入不適合自己的群體裡，可能是擔心被排擠；年紀稍長一點後，慢慢會覺得自己感到舒服最重要，從此就再也不會過於強迫自己與別人。

只要無傷大雅，每個人都可以有自己想要的生活，這點允辰非常認同。

不過小草為什麼會分手，允辰倒是同樣從芊芊那邊知道了大致的原因，主要是女方想要結婚，而小草暫時沒有這個計畫。當允辰聽到這個原因時，心裡還暗自慶幸著芊芊對於婚姻的想法與自己接近。

「那這段時間我們多約小草出來散心吧。」為了轉移這麼沉重的話題，允辰這樣說。

「好啊，不然，我們一起去旅行好了。」彷彿是給了芊芊靈感似的，她突然這麼提議。

「我們……三個？」

「不是啦，當然是約君艾、還有阿群一起去啊。前幾天阿群也有提起，大家從來都沒有一起在外面過夜過，要找機會出去玩。」

「真的嗎？」原來不只是自己沒有跟他們一起出遊過，連他們四個也沒有過。對於喜歡旅行的允辰來說，簡直是不可思議。

「是啊。」

「那好啊，就約大家一起出去玩。」

地點是墾丁。

與其說這是討論後的結果，還不如說是去哪裡都沒關係。阿群還是一副好玩就好的模樣，而君艾則是大家說好就好，至於主角小草則是說了一句「我知道了。」就當作回覆，因此地點的選擇就落在芊芊跟允辰身上。

「去台中好了，天氣宜人也有很多特色餐廳，又不遠。」一開始允辰先提了這個地點，但馬上就被芊芊給否決。

「是不是去有海的地方比較好？心情會比較開闊。」

「應該沒差吧，只要換個環境就會不一樣了。」

「但台中畢竟還是都市，人也很多……」

「那花蓮呢？可以看到海。」

「花蓮有沙灘嗎？」

「這我就不確定了……啊，那不然就去墾丁吧。」

「墾丁？好啊，我也好久沒去了。」

「好，我知道那邊有幾家不錯的餐廳，可以去吃。」

由於大家工作狀況不一，所以勉強只能湊出一個大家剛好都有空的週末出發，沒有更多的假期，「兩天一夜也不錯。」阿群這樣說。那是十一月的第一個週末假日。

他們租了車，打算直接從台北開車下去，只要一早出發，午後就可以抵達墾丁。車子由三個男生輪流開，但前座一定有一個人是阿群，如果不是由他開車的話，就坐在副駕駛的位置，「前座視野比較開闊，我有幽閉恐懼症。」大家都知道後者是開玩笑，但也就順著他。至於女生則是負責抵達後的第一餐當作回報，他們在出發的前一天晚上就已經先把食材給準備好。

一路上，允辰有特別留意小草，但發現若是不特別說明的話，根本不會知道他剛失戀。看起來還是跟平時一樣，甚至允辰還一度覺得是不是芊芊太誇大了小草的狀況。

一行人如預期在兩點抵達了墾丁。芊芊訂了一棟名叫「點亮星星」的白色希臘風民宿，就位在籠仔埔大草原附近，周圍盡是一望無際的綠油油牧草草地，由於位在山丘上的關係，遠眺還可以看到太平洋在陽光下波光粼粼的景色。而取名叫「點亮星星」，就是因為空曠無光害，在夜晚時可以看到滿天的星星。

兩層樓高的房子，整棟都漆上了雪白色油漆，方正削圓邊的造型矗立在綠色的草地上，就像是撒上抹茶粉的奶油蛋糕，剛彎進小路遠遠看到時，阿群已經率先發出了讚嘆：「哇～～是這一棟嗎？也太漂亮了，好夢幻喔。」裡頭有四間房間，除了芊芊跟允辰是兩個人一間之外，其餘四人都是一人一間。當然，還有一個寬敞的廚房。

一樓進門處就是客廳，偌大的空間一樣是全白色的牆面，就連沙發也都是白的，只有上頭的抱枕是唯一的有彩色；挑高的屋頂，從最高處懸掛而下一盞有圓弧罩子的大燈，同樣是白的，像是頂安全帽，整個客廳被大片的玻璃包裹住，寬敞明亮。

正對著門就是通往二樓的樓梯，樓梯是那種常見的迴旋式，必須拐個彎才能抵達二樓。樓梯的左手邊是廚房，右手邊就是一間房，而浴室就在樓梯的正下方，二樓的浴室則在它的正上方。

「樓上有三間房，樓下只有一間，誰要住樓下？每層樓都有一間衛浴。」一進門芊芊就先問大家。

「都可以啊。」

「我也都沒差。」

「那我住樓下好了。」小草說。

「好，那大家各自去擺行李，我跟君艾先去準備午餐。」雖然一路上在車上吃吃喝喝個不停，但畢竟只是解饞的零嘴，仍無法填飽肚子。

「那我先去挑房間，順道勘查一下房子。」阿群聞言立刻蹦蹦跳跳衝上了樓去，其他人都一副「我早就料到」的表情。

接著小草也轉身進到一樓唯一的房間，於是允辰便連同君艾的行李一起拎著，說了聲「那我也上去嘍。」就往二樓去。

一踏上二樓，就發現阿群已經挑好了房間，他的行李擺在右側房間的床上，但人已經不見蹤影。「上樓時沒遇見他呀？往頂樓去了吧。」允辰往後回望，果然發現通往頂樓的樓梯。最後，允辰把君艾的行李擺在中間房的地板上，自己挑了最左邊的那間房間。

才開始整理行李沒多久，就聽到了樓下傳來阿群誇張的笑聲，「不是剛剛還在樓上？怎麼就下樓了，動作真快。」允辰下樓想看看發生什事，結果看到芊芊一臉通紅地站在廚房裡，顯得不知所措，而阿群則是對著她大聲笑著，君艾正在一旁俐落地準備午餐。

「什麼事這麼好笑？」

「芊芊啦，她竟然不知道煮義大利麵時，水裡要加點鹽巴。」

義大利麵？原來說的是午餐，他們昨晚準備食材時，就已經先預設了抵達後要煮什麼，方便又好吃但滋味又不枯燥的義大利麵。

「加鹽？對啊，是要加鹽，可以增加麵的彈性。怎麼了嗎？」

「哈哈哈哈，連允辰都知道，芊芊妳好笨喔，哈哈哈哈～～」

允辰此時才意會到，原來是阿群刻意在捉弄調侃芊芊。近乎完美的芊芊，廚藝是她的罩門之一，但剛好允辰喜歡自己煮東西，因此芊芊只要負責洗碗就好，恰到好處的缺點。允辰這樣想。

「這又不是人人必備的生活常識，沒什麼大不了啦。」發現芊芊一臉窘促模樣，允辰趕緊轉移話題：「小草呢？」

「在外面，在前面草地透透氣。」阿群回。

「你怎麼知道他出去了？剛剛你不在樓下啊。」君艾一邊撈起麵條一邊回頭問。芊芊已經開始擺碗筷。

「他的房門開著啊，」阿群用手指了指最右邊那間房間：「如果不在房內，當然就是在外面啊，不然還能去哪？妳也很笨。」

君艾聳聳肩發出一聲近似呢喃的「喔」。

「對了，你剛剛去頂樓，上面有什麼嗎？」允辰對著正攤在沙發上，準備打開電視的阿群問道。

「頂樓啊，就是一片空曠，沒什麼。不過可以看到更大片的海洋就是。」阿群頭也沒回，開始胡亂轉著電視，最後停在電影台，上頭正在播《永不妥協》。

「午餐好了。」君艾突然喊道：「誰去叫一下小草。」

「我。」應聲的又是阿群，簡直像是過動兒一般。

「這麼快？」允辰拉了張椅子坐下，餐桌上有一大盤的蕃茄義大利麵、玉米濃湯、沙拉，還有蘋果：「連水果都有，好厲害。」

「幾乎都是現成的，只有麵需要煮，湯也是康寶，所以很快。」君艾邊說，主動選了允辰與自己中間隔了一個座位的位子坐下。芊芊也很自然地在那個空位坐下。

「好豐盛啊。」小草一進門看到滿桌的菜，發出讚嘆。

「那我就不客氣了，開動！」阿群率先發難，吃了起來。

用完午餐，因為距離晚餐還有一點時間，於是一夥人便決定先到南灣踏浪，回程還可以到墾丁大街晃晃，順道吃晚餐。

十一月的墾丁雖然已經不是旺季，但依舊充斥著人潮，天氣已經有點涼意，不過沙灘上一眼望去仍錯落著五顏六色的洋傘還有泳衣，人們的嘻笑聲此起彼落。五個人都沒有下水的計畫，連泳衣都沒帶，只打算沿著海浪與沙灘的邊緣散步，踩踩水就好。一路上小草始終都單獨落在最後頭，大家也貼心地不去打擾。

晚餐由於大街上人實在太多，原本允辰推薦的餐廳更是大排長龍，因此大夥兒便決定隨意吃一點東西就回民宿。「反正如果餓了，冰箱還有東西可以吃。」芊芊這樣說。不僅是民宿、還有租車等，就連食物都是芊芊準備的，所以她最清楚裡頭還有什麼。回想起來，才發現這趟旅行的所有安排與規畫，都是芊芊獨自完成。

離開熱鬧的大街後，終於感覺到秋天已經降臨墾丁，風吹在身上叫人打哆嗦，尤其回到民宿之後，因為周圍空曠的緣故，風像是從四面八方灌過來似的，大家紛紛把唯一帶的一件薄外套給穿上。對了，外套也是芊芊提醒大家要帶的。

時間還早，時針才指著「九」的位置而已，於是阿群吆喝著大家一起玩大富翁。

「大富翁？哪有這種東西？」允辰一臉疑惑，自從國中之後，他就沒有玩過這遊戲了，甚至懷疑自己是否已經忘了遊戲規則了。

「我有帶啊，我知道晚上會很無聊。很聰明吧。」阿群一臉得意，也不管大家是否答應，就蹦蹦跳跳地上樓，半晌就拿個一個紙盒下來，上頭畫了一個戴著西瓜帽的白鬍鬚老爺爺，他的下方則用黃色的字體印著大大的「大富翁」三個字。

好懷舊啊。允辰心裡默默說著這句話，但沒脫口而出。原本允辰以為裡頭最大人樣的小草會對這樣的遊戲嗤之以鼻，但沒想到他竟然也同意了。

大富翁一次只能四個人玩，所以理所當然，允辰與芊芊歸為一組。

雖然說每個人都已經很久沒玩大富翁，但奇異地，一攤開地圖、擺上棋子，兒時的回憶就跟著湧了回來，連通了記憶的迴路。就像是在很小的時候學會騎單車，長大後即使很久沒碰觸了，但仍不會遺忘一樣，身體與大腦都牢記著那些感受。

最先輸的是小草。由於蓋了太多房子，導致現金短缺，最後難以翻身，「如果要贏就是要敢於嘗試。」小草這樣說，但顯然是個失敗的賭注。表面上最計較輸贏的是阿群，因為藏不住心思，所以腦中想的會從嘴巴出來，一目了然，好猜測；但實際上思量得最多的是君艾，她默默地買地，同時維持現金量，不張揚，所以不容易被發現。因此，允辰把她當頭號對手。

先結束遊戲的小草說了聲「我到外面透透氣」，便逕自一個人朝外面走去，接著坐在屋子前方不遠處的大石頭上。但因為外面並沒有路燈，所以看不清楚他的身影，只有菸頭偶爾一閃一閃地在暗處發著紅光，像是變種的螢火蟲似的。

第二個輸的是阿群。果然被我猜中了，允辰在心裡竊喜。「怎麼會這樣啦，大富翁好無聊。」阿群耍賴地往後攤在沙發上大喊，然後突然又一個翻身嚷著：「我不要玩了啦，我要去頂樓看星星。」便彈跳了起來奔上樓去，跟下午抵達時一樣。

阿群離開之後，頓時安靜了不少，但遊戲卻也開始變得無味，不過還是想比出個輸贏啊。允辰在君艾臉上也看到一樣的神情。可能也感受到了兩人堅持下去不服輸的氣場，芊芊無可奈何，只好說：「外面好像有點冷，小草沒穿外套，我拿出去給他。」說完就撈起沙發上的黑色帽T往外走去。

更安靜了。

大富翁是個極依靠運氣的遊戲，要嘛是很快就分出勝負，不然就會變成是一場耐力賽，互相拉扯，而現在就是這樣的情況。允辰與君艾擁有的土地與現金幾乎一樣多，於是只能不斷地加蓋房子，然後祈禱命運的骰子讓對方走到自己的土地上，一舉破產。不知道這樣僵持了多久，一直到阿群的聲音再度出現。

「還沒結束啊？你們太誇張了啦。」允辰此時才發現，阿群說話常常會在語末加個「啦」字，然後尾音升半key。

「哈。」像是被指出怪癖的小孩一樣，君艾發出了一聲乾笑，然後趕緊說：「那今天就到此為止，我們平手，改天再玩。」

「好啊。」允辰心裡也暗自鬆了口氣，轉頭詢問阿群：「星星多嗎？」

「……嗯？什麼？」

「你不是上去看星星？」

「喔，對啊，不是很多，雲層太厚了啦。」

「你幹嘛專程跑去頂樓看啊？去門口就看得到呀。」君艾邊收拾大富翁邊問。

「因為那裡離星星比較近啊。」阿群嬉皮笑臉。「小草跟芊芊還沒進來呀？」

才剛這樣問而已，就看到他們兩人從門口進來。

「不愧是『點亮星星』，好漂亮啊。」兩個人邊進門邊異口同聲地這樣說，原本正在收大富翁的君艾也聞聲抬頭望著窗外，看來雲已經散掉了，星星出來了。

芊芊邊用手搓著手臂，邊說：「不過愈晚愈冷了。」

「那趕緊去洗熱水澡吧，不要感冒了。」允辰催促著芊芊。

此話一出，大家也就順勢回去各自的房間，只剩下阿群還在客廳看電視。

當天晚上允辰睡得很好，他想或許是因為開了半天車的關係，隔天他問芊芊睡得如何，芊芊說她大概水喝多了，起床上了幾次廁所。

早餐還是由君艾與芊芊準備，雖然只是簡單的三明治，但大家仍吃得津津有味。用完餐之後，把握時間，芊芊提議去鵝鑾鼻燈塔走走，接著用完午餐後再回台北。

鵝鑾鼻燈塔是由一片大大的草地，還有濃密的綠蔭組合而成的地方，有種南國特有的遼闊感，天空感覺拉得很高很高，沒有邊際似的，園內還有一處珊瑚礁石灰岩地形，非常奇異漂亮。

雖然說昨天晚上溫度低得叫人發抖，但一到了白天，這座南洋小鎮仍然是一副夏天的姿態。燈塔的入口處有成排的攤販，販售著由各式大小貝殼做成的擺飾或是貓眼石等寶石製成的項鍊手環，極富民俗風情的紀念品，這些東西隨著時代的推演在其他地方已不常見了，但這裡卻像是停留在十年前一樣，不僅景物沒變，連供旅客帶回去的伴手禮也是，時光彷彿不曾在這裡起了作用。

穿過紀念品區後，就是入口，一棟只有一層樓高由白色與紅磚砌成的七扇拱形門的建築。收票人員在票根上撕去一角後，就是正式進入鵝鑾鼻公園了。但要到燈塔，還要穿過一小片的大王椰子樹後再往上走一段斜坡路，才會抵達。燈塔是在山丘上。

「可以給我水嗎？」正當一行人嘻嘻哈哈往上走到半路時，芊芊突然轉頭問允辰。

「水？」因為出門時天氣還涼爽，為了減輕重量，因此允辰出門前還說服芊芊兩個人共飲一瓶就好，就跟在葡萄牙一樣，水由他攜帶。但沒想到天氣熱得快，允辰一不留意就把水給喝光了：「啊，抱歉，我忘了妳也要喝，等會兒下來時再買一瓶，好不好？」放眼望去，附近連販賣機都沒有。

「你喝光了？」

「對，抱歉、抱歉。」

「每次都這樣，沒有顧慮到我的感受。」即使是刻意壓低聲量，但允辰仍舊感受得到芊芊語氣裡的慍怒。但讓允辰驚訝的並不是生氣這件事，而是平時善解人意的芊芊竟然會為了一瓶水如此嚴厲地指責他。

「我？我怎麼了？」

「昨天午餐時也是，你也站在君艾那邊一起嘲笑我。」

允辰感受到芊芊刻意放慢腳步，跟其他人拉開距離。

「我沒有啊，我不知道發生什麼事好嗎。」

「你根本沒有考慮我的感受。」

「我覺得妳這樣說就太誇大了，我沒有那個意思。」

「水也是你堅持只買一瓶，結果還把它喝光。」

「水的事是我不對，我承認也道歉了，但不可以把其他事混為一談……」

「你的意思是我無理取鬧？如果是這樣，那就不用繼續說了。」

「我不是那個意思……」

「那是什麼意思？」

「我……」

就在允辰還想試圖解釋時，君艾的聲音插了進來：「喂，你們兩個在幹嘛？快上來啊。」聲音從五十公尺外的斜坡上傳來，原本尋常的話語都變成了吶喊。

「好，馬上來。」芊芊應答了回去，並快步跟上。

被一個人留在原地的允辰，二話不說往反方向奔去。

「允辰，你要去哪？」

君艾見狀大喊，芊芊也跟著回頭。

「我先去買水，你們先往上走，我等下就跟上。」

事後，表面上看起來芊芊是氣消了，允辰也覺得不是什麼大事，沒有放在心上。但那次的爭吵卻像是一個開關，「喀」地一聲，兩個人的關係一瞬間就由亮轉暗。允辰至今仍不明白，當時是發生了什麼事。也或者是，從來都沒有發生任何事，而是事情不再發生了。

突如其來的一場大雨。

回到台北之後，一切又回到了軌道上行進，上班、下班、聚會，像是什麼都沒有改變，但允辰卻發現芊芊開始疏遠自己了。並不是什麼決絕的冰冷，而是一種沒有溫度的對待，先是見面次數的減少，跟著是接電話頻率也減低了。與其說是找不到理由見面，反而比較像是找盡藉口不碰面。

允辰試圖釐清問題點，但就連回應也沒有任何的溫度。允辰談過戀愛，清楚知道這是什麼樣的意涵與徵兆。只是他不明白為什麼。

最先察覺這件事的是君艾。允辰猜想是因為她是芊芊最好的朋友的關係，所以或許芊芊跟她說了些什麼，他也可以藉此多知道一些芊芊的真實想法。

然而沒有。

「芊芊前幾天還有到我家找我，但什麼都沒有說，看起來沒有異常。真是奇怪。」

君艾的回覆雖然沒有解決允辰的困惑，但卻意外地搭起兩個人的橋梁。當時允辰只是單純覺得即使君艾無法代替芊芊說話，但至少可以為自己發聲，可以當作是溝通的媒介。可是不知不覺地訴苦，後來就變了調。

一開始只是允辰單方面的傾訴，君艾只是負責聽，她是很好的聽眾，但後來兩個人開始漸漸聊起彼此的事情，這時允辰才發現原來自己並不了解君艾；再接著，他們會刻意約好一起去茶水間倒水、一起吃午飯，一起下班搭車回家，甚至開始出入彼此的住家……那些沒有回應的電話，都在君艾那邊接通了。

允辰明白這或許只是一種感情的轉移，但是等到他意識到時，已經走在不一樣的道路上了。他也不明白事情是在何時發生的，然而一切都像是水到渠成似的，他們兩個都沒有抗拒任何事。

允辰從來都沒有想過自己是個會劈腿的人，而且對象還是自己女朋友的好朋友，這不是他會做的事。他雖然有很多的缺點，但不會刻意去傷害別人。

「對不起，我沒有想要介入你跟芊芊……」

他們第一次做愛後，君艾的這句道歉，才讓允辰驚覺君艾確實有資格比自己更加自責。她是芊芊最好的朋友啊，她要面對的不是與自己短短幾個月的感情，而是長達十年的情誼。

「不是妳的錯，是我。」然而，此刻允辰想要保護的人已經是君艾。他覺得自己對君艾已經有了責任。

如果一定要有人獲得不幸的話，寧願是芊芊。會這樣想，很糟糕吧。允辰清楚知道後果，這是他的自私，他無法否認。

決定跟芊芊分手是允辰的意思。既然傷害已經造成，那就只能降到最低，先提分手，可以把責任先攬到自己身上，君艾需要承受的就可以少一點。這是身為男人應該做的事。

「真的要跟芊芊說嗎？她會不會承受不起？」君艾的擔憂，讓允辰更加不捨。此時她都還在顧慮著芊芊。

「我會好好處理的。」

「我不希望芊芊受到傷害……」

「放心，我不會先跟她提我們的事，等過一陣子有機會再說。」

「那……你打算什麼時候說？」

「明天下班就去。」

「不會太快嗎？」

「現在已經沒有所謂的太快了。」

「嗯，也是……」

「還是我現在就打電話給她……」允辰作勢拿起手機。

「不要、不要，」君艾連忙制止：「當面說比較好，明天再說吧。」

「的確是當面說比較有禮貌，好。」

雖然是已經下定好決心，但隔天允辰一直拖到下午才撥了電話給芊芊，那頭同樣是沒溫度的回應。原本允辰還擔心芊芊不會答應見面，畢竟這兩個月以來她總是會找理由拒絕，但出乎意料的，雖然一開始有些遲疑，但只消一下的時間很快就答應了。他們約了晚上九點。

掛掉電話後，允辰傳了個訊息給君艾，上面寫著：「跟芊芊約了晚上九點，談完後我們再見個面？」

三十秒後，君艾訊息回覆：「好。」

允辰的心臟狂跳。

到達約定好的咖啡館之前，允辰在心裡排練過許多次要講的話。他並不善於處理壞事，人生也一直在盡量避免這樣的狀況發生，他是個中庸的人，不突出也不特別，這讓他覺得安全。

抵達時，果然芊芊已經在裡面了，就坐在角落的位置。連今天她都還是提早到。允辰心裡溢出一點苦澀。

約在咖啡館是君艾的意思，因為在公眾場所，可以讓人繼續保持理智。但不是他們常去的小角落，而是陌生的咖啡館，「最好約一個不熟悉的地方。」她還這樣補充。「為什麼？」「比較不會放鬆，可以保持專注力。」這些話都很有道理，因此跟芊芊約碰面時，當芊芊主動提議了她家附近的連鎖咖啡館時，他毫無異議就答應了。

有某一個瞬間，允辰甚至覺得芊芊怎麼會如此熟練這些安排，彷彿是經驗老到或是早就計畫好了一樣。

「嗨。」

「嗨。」等到允辰的一聲招呼，芊芊才發現他已經來了。她把視線緩緩從手機螢幕上頭抬起來，尷尬地撇了一下嘴角。

「最近好嗎？」

對自己的女朋友問出這樣的句子，允辰突然覺得荒唐，但同時也輕嘆了口氣。一直到這一刻，允辰還是不明白兩個人怎麼會變成今天這種處境，他追問過芊芊無數次這個問題，然後因為得不到回應，最後只好問自己。可是，到現在他還是沒有找到解答，在沒有答案的地方找出口是不會有結果的，謎底從來都在芊芊手上。

「都……還好。」芊芊說完，自己也輕笑了。想必也是發現這個問題的可笑。「我幫你點了熱茶，我記得你晚上不喝咖啡。」然後把茶推到他面前。

「謝謝。」茶還是燙的。

「那你呢？」

「我嗎？也還好。」

「今天找我什麼事？」

什麼叫「找我什麼事」，我們不是情侶嗎？不是應該要時時知道彼此的狀況嗎？是誰讓兩個人落得現在的景況？允辰覺得自己被冒犯了。

「我覺得這句話，應該是我要問妳的才對。」一瞬間，允辰突然想問個明白：「我們到底發生什麼事？不，應該是說，妳到底怎麼了？」

今天之前，原本他已經打算不再追問什麼了，更正確地說，是已經放棄再追問。他沒有決定權，只是被宣告出局，這是被迫的選擇，他從來都沒有服氣過。

「是因為那瓶水嗎？」

「水？」

「鵝鑾鼻燈塔的水。」

「喔，不是。」

「那不然到底是發生什麼事了？為什麼墾丁回來之後，妳的態度都變了？」

「抱歉，不是你的錯，我只是覺得我們太快在一起了。」芊芊邊說邊把頭低下。

「太快在一起？這是什麼意思？這不是答案。」

「這就是答案……」

「不，太快在一起是問題，而不是妳變冷漠的答案。一定有其他原因。」

「對我來說，這就是答案。」芊芊把頭抬起來直視著允辰。

允辰看不出她的情緒，疲倦、失望……還是傷心？

「我無法接受這個答案。」

「我知道你無法接受，所以才一直都沒說……但對我來說，真相確是這樣。」

「嘟。」芊芊的手機螢幕突然閃了一下，跳出個訊息，幾秒後螢幕又熄滅。芊芊點開了訊息又關上，視線還是停留在手機上頭。

也太不尊重人了，竟然還看手機！這樣的舉動讓允辰大為光火。

「既然如此，我們就到此為止吧。我想妳也不會介意。」幾乎是一鼓作氣，允辰一口氣把話都給說完。

「嗯？」彷彿像是剛從夢境中醒來一樣，芊芊抬起頭一臉迷惘。

「我說，我們分手吧。」

「你……有喜歡的人了？」芊芊突然這麼問。

允辰心跳先是漏了一拍，然後開始在耳邊發出巨大的聲響，芊芊有發現了什麼嗎？不可能，他跟君艾很低調。

「當然沒有，有問題的是妳，不是我。」允辰盡可能用最平穩的語氣說話，然後又把問題丟回給芊芊。

有那麼一個片刻，允辰其實心底希望芊芊可以挽留自己，我們可以再努力試試、我們不要這麼快就放棄……一直到現在，允辰心裡都覺得他跟芊芊還沒有到應該分岔的地方，他們沒有無法化解的歧異，還有好多地方可以一起去，怎麼就說再見了呢？可惜的氣味仍舊強烈瀰漫在他的心裡。

然而，芊芊沒有。

「我只是希望，你可以跟你的下一個女朋友，不管是誰，都能夠幸福。」她這樣說。

明明是祝福的話，但允辰聽起來卻感覺無比殘酷。但同時卻也讓他鬆了一口氣，芊芊沒發現。

「你放在我那邊的東西，我會拿給君艾。」

聽到君艾的名字，允辰直覺又警戒了一下，隨即才想起，其實芊芊說的是，你跟君艾同公司，所以會請她轉交。

「嗯，好。」允辰僵硬地答應，暗自希望芊芊沒有發現自己的心虛。「那就這樣，我還有事，先走了。」

芊芊只是點了點頭。

一推開咖啡館的門出來，外面的低氣溫凍得允辰打了哆嗦，此時他才想起，剛剛擺桌上的那杯熱茶，他連一口都沒有喝，現在應該也已經涼了吧。允辰趕緊把外套拉鍊拉上，往捷運站的方向邁步，然後邊撥了電話給君艾，出發去她家找她。

才九點半不到，沒想到這麼快。在捷運上，允辰看了一下時鐘，心裡面充滿感觸，即使交往時間不長，但畢竟是真心喜歡的人，要分開還是會捨不得。甚至，原本還預期芊芊可能會有的激烈反應才約在外面，沒想到都派不上用場，或許芊芊根本比他還想分手吧。想到這，允辰不禁苦笑了起來。

芊芊家距離君艾家一個在南一個在北，搭捷運還要約三十分鐘的時間，反而是他住得離君艾最近，只要三個站的距離；而離芊芊最近的阿群，剛好就住在同一個捷運站附近；至於小草則剛好是在大家中間點的位置。

不過允辰其實知道，過了今晚，或許大家關係就會不一樣了。他本來就是個局外人，是因為跟芊芊在一起了，所以才跟大家熟稔，現在再因為分開而退出，也沒什麼好奇怪的。而短時間內，他跟君艾的關係也不會公開，即使公開了，大家可以接受他再加入嗎？心裡頭很難完全不會有芥蒂，君艾的處境更是尷尬。但那是之後的事了。

在許多時候，我們能夠做到最多的並不是去控制未來，只是去活在當下，去試著讓每一個現在過得好，然後希望以後的日子可以好轉。

然而沒想到才一出捷運，允辰就接到了阿群的電話：「芊芊自殺了！」於是趕緊跳上了計程車，直奔芊芊家。

此刻，計程車上的電台正播送著他跟芊芊初相識時的歌，顯得格外諷刺。

一直到了抵達芊芊家巷口時，允辰才又想起了與君艾的約，「糟糕！」但沒想到車門才一開，就看見君艾也正好在對面下了車。

第二章

親友

看到允辰時，君艾先是嚇了一跳，但隨即明白了為什麼。

「妳也接到阿群的電話了？」雖然已經看到允辰在對街，但她並沒有留下來等他，逕自快步地往芊芊家走，等到允辰跟上時，他問了這句話。

君艾沒有答話，只是點了點頭，彷彿全身的力氣都用在走路上頭了一樣。她的額頭在冒汗、心臟狂跳、手腳在顫抖著：「一定要活著啊！」從接到阿群的電話那一刻，君艾已經在心裡這樣祈禱過無數次。

「距離大馬路數過來第四個路燈的位置，就是我住的地方。」君艾第一次來芊芊家時，因為擔心她找不著，所以芊芊便這樣告訴她。這是她對芊芊住的地方的第一個印象。

這一區的房子都是老公寓，多在同一個時期所建蓋，有著同樣的瓷磚牆面、還有上頭同樣因為多雨氣候而留下的污漬，甚至連每戶人家後來自行架設的鐵欄杆都長得一樣，整個區域的房子看起來就像是複製貼上的似的。

「下雨的時候，整排的房子都像在哭一樣。」君艾突然想起，芊芊曾經這樣介紹她住的房子。但現在看起來，卻像是死寂的廢墟。

芊芊住在六樓，是一處頂樓加蓋，一樓入口並沒有大門可以管制進出的人，每個人都告誡過芊芊這樣不安全，勸她要搬家，但她總笑說：「沒關係，可能再過十年就爬不動了，到時候再搬家。」

頂樓就只有一個房間，像是從平地上突起的一個方塊一樣，旁邊一圈都是曬衣服的陽台，每到盛夏，這棟房子的住戶都會到這裡曬棉被，君艾曾經見過這樣的場景，隨風飄蕩的各種顏色被單，像是加工廠一樣的奇異畫面。可是在大多數時候，這裡就只有一間房間孤伶伶地杵著。君艾突然想起「點亮星星」，是啊，這裡多像是墾丁那棟孤立在草原上的房子啊。

其實芊芊很喜歡這個地方，君艾知道。因為與家裡的關係並不親密，即使表面看起來和善客氣，但其實芊芊的內心築著一道圍牆。不容易親近別人，也不容易被接近。所以當初聽到她跟允辰這麼快就在一起時，她才會這麼驚訝。

君艾與允辰快步地奔上六樓，芊芊的房門緊閉著，但燈還是亮的，門口的盆栽散落，想必剛剛有一陣慌亂。兩人用力敲打著房門喊叫，但裡頭沒有回應，此時君艾才想到，應該是去醫院了。

允辰拿出手機撥電話給阿群，但電話佔線中：「該死！」

「在A醫院。」君艾突然說，然後邊衝下樓。

「嗯？」

「看手機訊息。」她頭也不回地大喊，原來阿群已經傳了訊息通知，他們有一個五個人專屬的群組，只是因為方才都沒有人檢視，所以沒發現。允辰快步跟上。

兩個人跑到巷口隨手招了一輛計程車直奔醫院。車上的空氣像是凝結了似的，沒有人說話，眼睛直視著前方，就像是可以穿越車潮，看到遙遠的地方一樣。

「是我害死了芊芊。」

突然間，君艾冒出這樣一句話。

「什麼？」

「今天中午……我……跟芊芊說了我們的事了。」

「什麼！為什麼要這麼做？」允辰睜大眼一臉不可置信。

「因為嫉妒。」

「嗯……嫉妒？但妳們是最要好的朋友啊。」

「好朋友就不能嫉妒嗎？」面對允辰的疑惑，君艾用了另一個問題來回答。

「這……」

「你是不是第一次見到芊芊，就被她吸引了？」接著君艾又問。

「……是的。」允辰輕輕地點了點頭，突然感覺到自己的輕浮而低下了頭。

「一直以來芊芊都是眾人注目的焦點，從我們認識的那一刻起。在她身邊，我只是不起眼的跟班而已。有時候我甚至會覺得，自己只是她的陪襯。」

「芊芊不會這樣想。」

「我知道。」君艾沒有反駁：「因為我也曾懷疑過芊芊，是否是因為我的平庸而故意挑選我當朋友？但事後證明她是真心對我好。不，人跟人的相處多少都有點目的性的，正確來說是，她對我並沒有多餘的利益上的考量。芊芊跟我相處，並沒有想要獲得除了友情之外的其他東西。」

「……或許這樣說你不會相信，但我是真心關心芊芊，她是我最重視的朋友。」

「那為什麼妳要跟她說我們的事？不是說好由我來說，不是說好先隱瞞一陣子再提，不要對芊芊造成傷害的嗎？」

「但我想看到她受苦。」

「什……麼……?!」

「因為你。」

「我？」

「嗯。」君艾只是點了點頭沒多說話，彷彿在思考什麼似的。好半晌，像是下定決心似的開了口：「你不知道我喜歡你很久了，對吧？」

「什麼時候？」已經滿肚子疑惑的允辰，現在更是一頭霧水。

「你記得我們第一次見面的場景嗎？」

「我記得，是在茶水間。當時妳正在集波波獅的點數，對吧？」

「你果然不記得。」像是印證方才說的不起眼似的，君艾帶著一絲苦笑：「在更之前，我們曾經在電梯裡遇到過。當時我才踏進公司大廳，正看到電梯門要關上，於是匆忙地往電梯衝，是你幫我壓住了開門鍵，那時我跟你道了謝，你回了我一句『不會。』當時的時間是九點二十八分，若是沒有搭上那班電梯，我一定會遲到，是你幫了我。」公司規定的上班時間是九點三十。

「這只是小事。」

「但並不是所有的人都會願意這麼做，因為這樣可能也會讓你遲到。」

因為幫忙按住電梯開關的關係，所以君艾當時透過電梯裡的鏡子反射特別注意了允辰，當時他滿臉泛紅，只有眼睛周圍有一圈白色的眼鏡形狀，是雪鏡吧，在雪地裡因為擔心反射的光線刺傷眼睛所戴的眼鏡，但也因為除了眼睛周圍外沒有保護，所以才會給曬紅。當時君艾是這樣以為。

一直到後來再熟了一點，她才從允辰的臉書上發現，其實他並沒有去滑雪，那是登山的成果。允辰很喜歡登山，而在所有的運動裡，君艾最喜歡的也是會登山的男生，因為覺得喜歡登山的人的性格裡都會有種踏實。

「之後我們也在電梯裡或茶水間遇到過很多次，你總是在九點二十分左右抵達公司，對吧？」

「對不起。」

「為什麼要道歉，你又沒犯錯。」

「我只是覺得自己該道歉。」

「呵，你是心腸很好，第一次見面時我就發現了，所以才會喜歡你。你知道嗎？其實我並不喜歡波波獅。」

「……？那為什麼……」允辰從來沒有想到他在一個晚上會說到這麼多次的「為什麼」。

「因為你喜歡它。我在茶水間看到你拿著波波獅的杯子。」

「所以妳是為了我才集點數……」允辰懂了，也明白了君艾所說的嫉妒。「可是妳為什麼會知道我是單身？」

「我們公司的人並沒有那麼多。」君艾覺得允辰很天真。

茶水間其實很小，以一條僅兩個人需要側身才能夠經過的通道為中心，右手邊是流理台及微波爐、左手邊則是飲水機與冰箱，除此就再沒有更多的空間了。只要有人站在走道中間，就會擋住另一個人的去路。

君艾第一次在茶水間遇到允辰時有點驚訝，在電梯時，她看過他身上掛著的識別證，因此知道兩人是同一間公司，然而這棟大樓有一半以上都是同公司的員工，所以並不奇怪，但不知道的是原來他們兩個人恰巧是在上下樓層，還共用一間茶水間。君艾喜出望外。

當時她看到允辰刻意站在角落泡茶，正將茶包線繞在湯匙上，然後在杯緣內側擠壓著，試圖將多餘的茶水給壓出；而離開前，還特地用紙巾將流理台上的水漬給擦拭乾淨，加上之前電梯的舉動，君艾對允辰印象更是深刻。謹慎認真的人。

允辰很高，大概有一百八十公分，皮膚很白，嘴角會微微上揚，不時洋溢一種輕輕的笑意，然後有著孩子氣的眼神，對，是笑起來會瞇成一條彎弧。發現這件事實，君艾有點驚訝，因為允辰的眼神有種大人沒有的純真氣息。這也是第一次君艾更清楚地看見他的長相。其實允辰的長相並不是君艾喜歡的典型，太隨意、太小孩子氣，他喜歡的對象向來是穩重的類型，像山一樣的人。但因為允辰散發出某種堅定的氣息，才讓君艾忍不住在意起了他來。

而這間公司說大不大、說小不小，但也已經足夠讓君艾知道她必須知道的事，例如：允辰單身。

於是此後，她特別觀察了允辰上班的時間、到茶水間的時間，刻意也選在同樣的時間點出現。創造相遇的機會。

「你每週都會去吃公司後面巷子的一家麻油麵線，對吧？」

「妳怎麼知道？」允辰有點驚訝。公司附近只有一家這樣的店，允辰鼻子立即嗅到了麻油與酒混雜的濃郁氣味。

「我在那邊遇過你幾次。」君艾沒說的是，為了能跟他多碰到面，她曾經連續一個月的午餐都在那裡度過。

君艾一度以為，這會是一種累積。即使微小、一點點也可以，就像是沙漏般累計著時間，終有達成的一天。只是沒想到芊芊一出現，一個反手就把沙漏給轉了向。豈止是前功盡棄，更多的是溢出來的不服氣。

可是，芊芊是星星啊。君艾怎麼會忘了。

「我永遠都記得第一次跟芊芊見面的畫面。」君艾自顧自地說了起來。

允辰用極其小的幅度點了點頭，發出了一聲極輕的「嗯」，小到連他自己都不確定是否有發出聲音。

「那是在高中開學的第一天，照慣例每個人都要上台自我介紹，我向來都很討厭這樣的時刻，我極其平凡啊，沒得過獎、也沒有什麼坎坷的身世，就連長相也平庸，總之是所有平凡的結合體，是那種永遠都不會佔據新聞版面的人。所以即使介紹了，也沒有人會記住我。最後也只能勉強說出『媽媽很會煮菜』這樣的話來炫耀而已。

「我從來都不是顯眼的人，是那種在人群裡頭輕易會被淹沒的那種，別人對我最大的印象一直就是：負責任、認真之類的描述，從來不會有別的。」

「但這並不是壞事。」

「現在不是，但在年輕的時候是。」君艾眼神閃了一下：「年紀小一點的時候，每個人都會想要成為焦點的啊，一定多少都懷抱著這樣的願望。然而，芊芊就是那樣的人，她只要一上台，不，一出現就會是焦點，她不是刻意的，那是她與生俱來的天賦，就是這樣才更叫人無法忍受。但是這樣耀眼的她，卻願意跟我當朋友。」

「什麼意思？」

「第一節下課後，芊芊主動過來問我要不要一起去福利社。大家都是新生，雖然幾乎每個人都是不相識，但卻奇異地形成了一個一個的小團體，彷彿是剛剛的自我介紹產生了作用一樣，而我又照慣例地被忽略了。所以此時只要有人出現，你都會不顧一切地抓著他不放。在那個時刻，芊芊簡直是我的救命恩人。」

「所以妳們就變成了好朋友。」

「但我一度以為我們不會變成朋友。」

「？」

「你知道嗎？高中生是很勢利的年紀。大家都只會跟自己覺得匹配的人在一起，那些可以在同一個圈子的人，彷彿都像是獲得了某種認證一樣。所有的朋友都是挑選過的，而且是在不自覺的狀態下做出這樣的選擇，這點多可怕。」

「我知道妳說的是什麼。」

「所以我跟芊芊不會是朋友的，當時我這麼以為。可是她第一堂下課來找我、第二堂也來找我……不知不覺中就整天都膩在了一起。加上芊芊在高中時就獨自住在外面，對於住在家裡的我來說，簡直羨慕得不得了，正好有個去處，所以每天下課都往她那裡跑，一直到晚上才回家。不過，這並不是我們成為好朋友的原因。」

一直到今天晚上，允辰才發現芊芊對自己來說竟然是個像謎一樣的人，就連她會自殺也是，這不像她會做的事。或者對每個人來說都是一樣的，每個人都會隱藏自己，這是一種自保的本能。人無論再靠近，都無法完全了解一個人。

「我跟芊芊之所以會那麼親近，其實是因為她跟家人的關係不好，這也是為什麼芊芊高中就搬出來住的原因。」

這件事讓允辰有點驚訝。

「芊芊的父母在她小時候就離異了，據說是母親外遇，所以其實她是由奶奶照顧長大。一直到上國中奶奶去世後，才回到父母的身邊，不過是輪流在父親與母親兩邊跑。」

「輪流？」

「對，因為她的父母都已經各自再婚有了家庭，也都有了孩子，早就展開新生活了。芊芊對他們來說就像是年輕時犯的錯，一個亟欲掩蓋的疤痕般的存在，所以像是個皮球一樣被踢來踢去。長大後我才發現，其實芊芊要的不是朋友，而是親人。我的年紀比芊芊大幾個月，所以也就理所當然地把她當成妹妹看待。」君艾眼神暗了下來。「當時知道這件事時，其實我有點竊喜。」

「嗯？」

「啊，你不要誤會，我不是開心著芊芊的不幸福，而是覺得自己終於有一項贏過她了。……這樣的我，很卑鄙吧。」

「妳只是誠實罷了。」

「現在想起來，其實我比較像是芊芊的浮木。……你知道嗎？我曾經測試過芊芊。」

「……什麼？」就連君艾，此刻允辰也感到陌生不已。

「或許是自卑的心態作祟吧。」

「自卑？」

「對，自卑。」君艾點了點頭：「從小就不起眼的自己，突然多了一個像是星星一樣耀眼的朋友，覺得實在是太不切實際了。就像是穿了一件過度昂貴的衣服在自己身上一樣，不僅彆扭，最後還開始懷疑起是否為仿冒品？所以，我故意把一個沒人知道的小祕密告訴了芊芊。」

「啊，這是測試？」

「是的，但芊芊沒有說出去。」君艾停頓了一下：「故意讓渡了一個祕密當作是測試，簡直像是跟惡魔交換條件一樣。」

高中女生所謂的祕密，不過都是曾經暗戀誰之類的芝麻蒜皮小事，但在那個年紀，卻是驚天動地的大事，是值得大肆嚷嚷的不得了情報。但芊芊並沒有把「它」說出去。

「因為工作的關係，我無法請長一點的假，所以能出國的機會也不多，尤其是歐洲。自從芊芊知道後，每次只要出國就會主動帶一個星巴克的城市杯送我，她說：『這樣就像妳也去過了一樣。』」

允辰靜默著。

「芊芊是真心對我好……我真是個差勁的人。」君艾掩面啜泣了起來，允辰只能撫摸她的背安慰。「可是芊芊卻接受了這樣的我，而我仍然是傷害了她……」

現在的他們，並不適合擁抱。車子在車陣內緩慢地前進著。

君艾感受到允辰的手指，輕柔地由她的上背滑到下背，然後再順著脊椎爬了上來，周而復始重複著。這一刻她突然有種感覺，這或許是自己跟允辰最後一次能以這樣的方式相處。然而，她並不再覺得可惜了。

君艾心裡知道，自己會搶先在允辰之前就告訴芊芊是出於報復的心態。因為她覺得是芊芊搶走了允辰，芊芊明明知道她自己喜歡他，但卻還是奪走了他。

她不在意人們總是喜歡芊芊、總是會被她吸引，但對於芊芊仍接受了允辰，這點她始終都無法釋懷。更何況，允辰並不是芊芊喜歡的類型。

終於還是發生了！

知道芊芊跟允辰交往的第一瞬間，這樣的念頭躍上了她的腦海。

是啊，君艾早該知道允辰會受到芊芊吸引，所以才千方百計阻止他們一起去葡萄牙，但沒想到擔心的事還是發生了。她一直覺得自己跟允辰已經認識了好一段時間，牢靠了、有地基了，所以才敢大膽地邀他一起參加聚會。當天聚會之前，她甚至還特地傳了訊息給允辰，除了說明地址外，更重要的是還一併附上了交通方式，刻意提示了距離哪個捷運站的幾號出口最近。

跟著，她特別穿了平時上班不會穿的裙子、化了淡妝，再刻意提早了半小時抵達捷運站，然後在出口等他。他們當然沒有先約好，但君艾知道不能讓允辰單獨先見芊芊，芊芊總是會提早抵達，這樣太不保險了。她知道第一印象的重要性。

但君艾沒料到的是，允辰是騎了摩托車赴約。他終究還是單獨先見到芊芊了，就在她意識到自己在捷運站等待的另一種可能的抵達方式，因而連忙飛奔趕到後，還是發生了。就像是命中註定一樣。

為此，在當天聚會之後，君艾特別留意了允辰跟芊芊的互動，發現他們並沒有過多的交流，芊芊沒有特別提起過允辰，她喜歡的向來是帶點陰鬱的男生，允辰的樣子太小孩子氣了；而允辰也沒有向她打探起芊芊，這才讓君艾安心不少。

所以當她知道他們在一起時她很生氣，對，是生氣，但卻不是驚訝。彷彿是早在心裡預演過千百次一樣，知道這件事會發生、它是必然會發生的，所以當真的成真時並不會訝異。該訝異什麼呢？只是、只是，還是難過。

終於還是發生了！打從心裡面溢出來的悲傷幾乎淹沒了她。

允辰明明不是芊芊會喜歡的類型，但他們還是在一起了。君艾甚至不禁懷疑芊芊是故意搶走允辰，加倍無法諒解。

她沒說出來，但君艾在聚會那天隱隱是把允辰當成了預備男友的心情而介紹給大家的。她沒有說過，但她這樣想過。

當時君艾不明白為什麼自己會如此傷心，她知道自己的生氣所為何來，但卻無法追蹤傷心的來處。因此她只能不斷問著：「真的嗎？」當允辰宣布他們交往的消息時，那種獲得寶物的神態，而一旁的芊芊那羞怯的表情，都讓她想要撕碎。

明明芊芊旅行回來後，還有拿了里斯本的星巴克城市杯來給她，但卻沒有告訴她這件事，而是選擇當著大家的面宣布，對君艾來說，這簡直是一種羞辱。

也因此，日後只要有機會，君艾就會找芊芊的麻煩。不能太明顯，最好是那種不起眼的小事，就像是是煮義大麵忘了加鹽這樣芝麻綠豆的事。這是她應得的，這是芊芊應該付出的代價，所以君艾並不覺得有任何不對。

甚至有一段時間，她還刻意把芊芊排除在臉書動態文章之外，君艾知道這樣很幼稚，但這卻也是一種發洩怒氣的方式，她知道，但她並不想停止，因為唯有透過這樣的方式，她才有可能可以原諒芊芊。

君艾並不想討厭芊芊，她只是傷心她跟允辰在一起了。

她最重視的朋友、她最想要的人。她什麼都可以不計較，但唯有允辰，她怎樣都不要讓出去。

日後君艾才發現，自己的傷心是來自於，她覺得自己的寶物被偷走了。而自己，其實從來卻都沒有擁有過它。她曾經有過機會的，她曾有過，最叫她傷心的是這點。

所以當允辰向自己求助，訴說跟芊芊的感情狀態時，她終於覺得機會來了。第二次的機會。她忘了在哪邊看到，每個人其實都有第二次的機會，而現在就是那個時刻。

脆弱的男人最是好征服。

因此君艾從來都沒有幫允辰的打算，與他的深夜談心，或是對芊芊的關心之情，其實都只是一種算計。卑鄙，她知道，但她就是忍不住。

但與允辰的做愛這件事並不在君艾的計算範圍內，她知道自己亟欲報復，但卻沒有卑劣到用性去交換什麼，她只是知道這件事是必然會發生，所以當發生時也只是順著。一點酒加上一點體貼，再輔以很多心碎，還有什麼不可預期的。可以預測，但她不要阻止他。

她不是貞節烈女，但允辰是，君艾知道。所以她要讓它發生，發生了之後的結果允辰就會二話不說承擔下來，他是個好人，根本不用她多言。所以，她問的是：「你打算何時要跟芊芊說？」一問這句話的時候，她心中已經在盤算著要趕在允辰之前先跟芊芊碰到面才行。

她想要親眼看到芊芊的表情，看到芊芊當自己喜歡的東西被奪走時的表情。

可是，她還是要說服允辰跟芊芊約在外面的咖啡館碰面，而不是在她家。

「為什麼？」昨晚擁著她在懷裡的允辰這樣問。現在想來也有點好笑，他們相擁著，但討論的卻是另外一個女人。

「因為在外面，芊芊比較不會做出無法控制的事。」她這樣回答，冠冕堂皇。

「但芊芊不是那種會歇斯底里的人。」

「我知道，但分手沒有誰是可以保持理智的。」

「這倒是。」

允辰輕易就被說服了。但君艾其實心裡想的只是不要讓他們兩個人獨處，分手的戀人獨處是多可怕的一件事，所有的努力都可能會因此功虧一簣。她已經錯過一次，不能夠再閃失一回。

「對不起。」

隔天一早，她立刻就撥電話約了芊芊中午碰面，一開口就跟芊芊說了自己跟允辰的事。可是，這卻是當芊芊得知時所說的第一句話。

君艾有點驚訝……道歉……怎麼會是道歉？她是該道歉沒錯，但這不是她要的反應。君艾預期會有更激烈的反應才是，哭天喊地或是質問，電影不都是這樣演的嗎？為什麼芊芊卻是道歉！

「為什麼要道歉？妳沒有什麼要問我的嗎？」君艾覺得好笑，為什麼是自己反問芊芊。

「沒有。」

「為什麼不問我，我們怎麼在一起的？是怎麼發生的？……妳應該要問啊，有那麼多的『為什麼』可以說，為什麼妳只說『對不起』！」對於芊芊的反應，從一開始的詫異，君艾開始覺得不耐。

「因為這些都不重要了。」

天氣很好，陽光透過樹葉的縫隙灑了下來，光影灑在芊芊的臉上，風吹來，一晃一晃地，乍看像是臉上哭花的淚痕。芊芊的淚痕，然而沒有。芊芊的表情異常淡定，君艾甚至開始懷疑芊芊是不是漏聽到什麼話了。

「什麼不重要，那重要的是什麼？」君艾開始大吼。

「重要的是，你們在一起了。」說這句話的時候，芊芊的語氣平和得像是在說別人的事一樣：「你們確定在一起了……」

「妳不是應該罵我嗎？妳可以罵啊，罵我是第三者、狐狸精，或是背叛我們的友情都可以，為什麼不罵？妳罵啊！」

「如果你們相愛，我會祝福你們。妳是我最重視的朋友。」

「什麼意思，所以我是應該感謝妳的大方成全嗎？」

「我不是那個意思。」

芊芊愈是置身事外，君艾的情緒就愈是失控。

「不然妳是什麼意思！」君艾尖聲吼叫：「妳根本就沒有把我當朋友吧，妳一直在嘲笑我，對吧！」

這一瞬間，君艾突然發現自己竟比較像是被背叛的那個人，終於覺得荒謬。為什麼自己以為是從別人身上搶奪來的寶物，此刻卻像是別人不要的一樣。

「既然如此，我們就不要再見面了，就當我沒妳這個朋友！」

現在回想起來，自己是抱持著什麼樣的心態去見芊芊的？其實君艾自己也混淆了，甚至沒有獲得預期般的勝利感受。而那場兩人的對話更是草草結束，面對意料之外的芊芊的反應，她根本就是落荒而逃。

特地制止了允辰打電話給芊芊談分手、確認了允辰跟芊芊見面的時間，所以才趕在中午先把芊芊找出來吃飯，還說了一個「我剛好到附近洽公」的爛藉口，現在想來只剩下可笑。

「你還記得我們在『點亮星星』玩大富翁的事嗎？」計程車還在行進著，霓虹燈光不斷從面前閃過，等情緒稍微平復一點之後，君艾這樣問著允辰。

「妳說墾丁那棟民宿？」

「嗯，」君艾點了點頭：「或許，那時才是屬於我們兩個人最幸福的時刻。」

允辰想起了當晚最後只剩下他跟君艾兩人廝殺的畫面。這時候才懂了，原來君艾並不是想要爭個輸贏，想要爭取的其實是多一點的時間跟他相處。

我們都是用自己所擅長的方式在喜歡著另外一個人，不管多拙劣、甚至是看起來如何匪夷所思，但每一個動作、每一句言語，背後都有其理由與源頭。

「那時候的我們好快樂。」

「是啊……」

「其實我也只想要獲得幸福而已。」

可是這樣的幸福，卻是建立在芊芊的不幸上頭，這樣的自己很糟糕吧。

說著這句話的君艾，眼神飄到很遙遠的以後，或許是再也抵達不了的將來。

「不知道以後還有沒有機會再一起回去那棟房子了。」

君艾跟允辰心裡都清楚，經過這一夜，大家都會不一樣了。

車轉了個彎，由於角度的關係，最先看到的並不是醫院的名字，而是大大的「急診」兩個字。白底紅字的看板，在夜裡像是在張牙舞爪。

刺眼的招牌提醒了君艾應該要聯絡阿群所在的位置在哪，才準備拿起電話，隨著車子滑進醫院門口車道，就看到他正在門口講電話。

「難怪剛剛電話一直佔線。」當搖下車窗準備呼叫阿群的同時，她聽到了他對著電話那頭喊了小草的名字。

第三章 密友

「總之小草你快來就是了。」

阿群剛掛掉電話才抬起頭，就看到君艾與允辰一起從計程車上下來。「……他們怎麼會一起來？」阿群的腦海閃過一秒這樣的念頭，但隨即被君艾焦急的聲音給蓋過。

「芊芊呢？她還好嗎？」最先下車的是允辰，但君艾卻一把超越：「你怎麼沒待在她身邊？」

「在急診室，我出來打通電話。」阿群邊說，邊領著他們往醫院裡頭走。

燈光一下從五光十色的霓虹招牌轉換成青白色調的冷色日光燈，醫院特有的藥水味也隨即撲鼻而來。長廊的兩旁散落著病患與家屬，每個人臉上都有種麻木與疲倦，其中還有幾個穿著白色與綠色外衣的醫師或護士穿梭著；牆上一面長長的佈告欄上貼著各式各樣疾病的訊息，眼花撩亂，像是各式各樣的百貨公司促銷活動。

阿群一直覺得醫院有種奇異的歡樂的氣氛，不是那種一般認定的熱鬧歡愉，而是因為這裡聚集了所有的家屬，那種就連農曆年都不見得會碰上面的家屬，遠的近的、親的不親的，都會在這裡碰頭。好溫馨啊。阿群忍不住這樣想。

「電話是打給小草？都什麼時候，還打什麼電話。」君艾皺起了眉指責，但同時心裡也想著，為什麼單單只打給小草，不是已經在群組裡發了地點通知了？

「我被醫師趕了出來啦，」阿群抱怨著，但隨即口氣又和緩下來：「我又幫不上忙。」

「那芊芊呢？她狀況如何？」

阿群用食指在自己的手腕上比劃了一下：「流了很多血。」

君艾發出一聲驚呼，允辰則一臉鐵青。

這麼重視外貌的芊芊……

「我打開門進去的時候，芊芊已經昏倒在地上了。」阿群用發著抖的聲音說出這句話：「我從來都沒有看過一動也不動的芊芊，躺在地上的她……像是個摔碎的娃娃。」

烏黑的長髮散落在慘白的臉上、不符合常理的扭曲姿勢、還有暈開的深紅血色，像是被人從高處丟下來的陶瓷娃娃。三個人的腦中都浮現了這個畫面。

「醫師怎麼說？」這是允辰現在僅能擠出來的字眼。

「拜託！一到醫院就被推進去急診室，根本還沒能跟誰說上話。」阿群用抱怨的口氣說著，然後向右拐了個彎。

醫院總有種讓人置身迷宮的錯覺，一樣的長廊、一樣的門窗樣式、一樣的日光燈排列……還有表情相似的人們，像是永遠走不到盡頭的無限延伸。此刻，在旁人的眼裡看來，自己也是其中的一員吧。

醫院會吞噬所有人的表情，不管是誰到這裡都會變成是同一種樣子。面目模糊的那種，只剩下哀傷的情緒。

然而其實仍是有終點，一扇白色的厚重大門——通往急診室的門扉。

阿群在門前十公尺處止了步，君艾與允辰也跟著停了下來，左前方有條通往診間的通道，而他們站的位置則是一處不甚寬敞的空地，想必是給家屬等待的地方。上頭立著兩排常見的藍色塑膠椅，那種椅背椅座一體成型的椅子，沒有腳，下方用長條的金屬把一排椅子串連起來，固定住。同樣沒有面目，動彈不得，就跟此時的他們一樣。

「為什麼不進去？」君艾焦急地詢問。

「剛剛護理師要我在外面等就好啦。」阿群這樣回答。

「喔。」

他們都沒有坐下來的打算，三人不發一語同時看著門，彷彿像是可以穿透過去一般。就像是搭乘電梯時總會盯著樓層電子儀表看，以為這樣可以加快速度，此刻的靜默也像是電梯裡，無論方才如何喧鬧，一踏進那道鐵鑄的電動門後，都會被收納了起來。

他們都盯著它看。盯著看。以為只要這樣盯著，夠真切、夠認真，它就會給予應答。

「是我害死了芊芊。」

對著那扇緊閉的門，不知道沉默了多久，阿群突然冒出了這句話。就像是在跟它說話一樣。

「……什麼？」

「我昨天晚上去找了芊芊，跟她說了一些事。」

說……？君艾跟允辰摸不著頭緒，只能一臉疑惑地盯著阿群看。

這個晚上好像有人打開了潘朵拉的盒子，所有的祕密都跑出來了。

「說了什麼？」

「你們兩個……在一起了，對嗎？」阿群突然回頭看著君艾與允辰，他們兩個人則像是跟梅杜莎對上了眼的人，全身僵硬。「沒關係，我知道這件事。」

「你……什麼時後發現的？你跟芊芊說了這件事？」允辰嚥了口口水問道，聲音像是沙漠般乾涸。

「不是，是芊芊跟我說的。」

「什麼！為什麼芊芊會知道……」此刻發出驚叫的是君艾，她想起今天中午跟芊芊的碰面，當時芊芊早就知道了嗎？那麼她又是抱持著怎樣的心情在跟自己說話？

嗡——

像是有人從她的後腦勺猛敲了一記，君艾感到一陣耳鳴與反胃。難怪！芊芊聽到消息時一點都不震驚。難怪！

此刻回想，她當時的那句「你們確定在一起了」其實不是疑問句，而比較像是肯定句。

嗡——

「這不合理啊……若是芊芊早就知道了，那為什麼還要自殺？」像是在跟自己說話似的，君艾開始喃喃自語。

「為什麼……我不懂……」

空氣中夾雜著困惑與不安，還有憤怒。

阿群深深吸了一口氣，大口吞進空氣，他的胸膛劇烈起伏著，最後像是下定了什麼決心似的，說出了這句話：

「因為我威脅了她。」

那個姿態，像是初次上台緊握手指到發白的僵硬關節。顫抖著、堅定著。君艾從來都沒有看過這樣的阿群，不是平時那個總是嬉笑瘋癲的他。

「威脅？你在說什麼！為什麼今晚大家總說些我聽不懂的話。」允辰忍不住發起飆：「今晚到底你們每個人是怎麼回事！」

被允辰突如其來的情緒驚嚇到，君艾趕緊拉了拉他的衣角，示意要他冷靜。

「你到底對芊芊說了什麼？」

「我……」

「嗯？」

「我……發現了她跟小草的事。」

「芊芊……小草……？」允辰一臉疑惑，但君艾則是發出了「啊！」的一聲，像是明白了什麼。

阿群轉頭給了君艾一個理解的眼神，繼續說：「允辰不知道芊芊『喜歡過』小草吧？不，不對，是『還喜歡著』小草。」

允辰只是愣愣地搖了搖頭。

「我跟芊芊、君艾、小草是大學同學，但我們之所以會熟識，其實是因為芊芊跟小草兩個人。他們兩個人的互相吸引，所以把我跟君艾四個人給串了起來。因為我是小草最好的朋友，而君艾則是芊芊的。」

「既然不是單方面的喜歡，那為什麼不在一起？」允辰無法理解。

「因為梅子。」接話的是君艾。

「梅子？啊，小草的女朋友，他們那時候就在一起了？」

「嗯，」阿群點了點頭，「所以他們根本沒有機會在一起。只是我們都以為這些年下來，芊芊早對小草死心了，但沒想到其實沒有。」

「所以芊芊才會沒有交男朋友，她還在等小草……」允辰一臉真相大白的神情，但隨即眼神又暗了下來：「那我算是什麼……」

君艾輕撫了允辰的背：「但你怎麼會發現芊芊跟小草的事？是什麼時候開始的？」

「點亮星星。」

「墾丁的那棟民宿？」

「對，你們記得它為什麼叫『點亮星星』嗎？」

「因為可以看見滿天的星空。」

阿群點了點頭：「其實，那個晚上是看得見星星的。」

君艾這才想起來，當時阿群跑到頂樓看星星時，下樓抱怨著看不到星星，但隨即進門的芊芊與小草卻說著滿天星子甚是漂亮。對此，她當下還有點疑惑。

「那你為什麼要故意說看不到？」

「因為我不想讓大家出門去。」

「什麼意思？」

「其實啊，我玩大富翁很厲害喔，當時我是故意輸的啦。」阿群撇了撇嘴角，出現了招牌的玩世不恭表情。他根本不愛玩大富翁，什麼小孩子的遊戲啊，大富翁是為了小草準備的，在某次聊天中，他不經意知道小草以前很喜歡玩這個遊戲。

接著阿群又說：「我跑上頂樓才不是為了看什麼鬼星星咧，我又不迷戀大自然，我是為了看小草才上去的。」

「看……小草？」君艾重複著這句話，隨即又發出了「啊！」的聲響。

阿群笑了。

「除了小草，芊芊是第一個發現這件事的人。」阿群說：「想想這也是理所當然的事，畢竟芊芊也喜歡小草，視線總是跟隨著他，所以自然也會發現同樣跟隨著小草的我吧。事實上，這也是為什麼我跟芊芊會變成朋友的原因，因為我們同病相憐，很好笑吧。」

雖然他們四個人同是大學同學，但其實他跟小草是最先認識的兩個，後來是芊芊，接著才是君艾。

完全不是一見鍾情，阿群初次見到小草並沒有留下太多的印象。大一開學第一天他拿著單子找到教室後，刻意挑了角落的位置坐，一片鬧哄哄的，有些人是高中同學一起考上了同所大學同科系，自然就聚在一起，而他是單獨北上讀書，所以不要說同學，在這座城市裡就連一個認識的人都沒有。

當時阿群幾乎是用逃走的心情，離開了原本的學校。

都已經西元兩千年了，男生愛男生或是愛女生早就不是什麼稀奇的事了，甚至這幾年每隔一陣子就會有哪個歌手大力鼓吹婚姻平權，幾乎成了一種顯學，尤其這座城市更是開放。特別是這裡。所以阿群才會離鄉背井到這裡求學。不，與其說是選擇，不如說是一種不得不。

雖然現在大眾對於同性戀的態度開放許多，但不過是這幾年的事，在更早之前，他高中那個時代，根本是無法張揚的事，加上又是處在淳樸的鄉下地區。因此大學之前阿群一直過得很壓抑，小心翼翼、畏畏縮縮，想盡辦法低調。

但就是因為這樣，愈是刻意，愈是顯得不自然。就像是刻意隱藏的家鄉口音，只要一不留意就會流露出來，加倍凸顯了偽裝的痕跡。

高中生是單純且殘忍的生物啊，思想開始發達，不管是什麼想法都會從嘴巴竄了出來，真假與否不在他們的考量範圍內，所以，話就這樣傳了開來。「阿群喜歡男生，嗯～～」某一天，阿群不自覺地盯著雜誌上的男藝人入神時，恰巧被同學給發現了，於是這樣的話語就傳了出去，在那個什麼都可以大驚小怪的年紀裡，很快就爆發了出來。

接下來阿群就沒有好日子過了，難免有一些言語上的嘲諷，但也託民風淳樸的福，所以還稱不上有什麼霸凌的行為，可是卻也沒有人願意接近他。沒有朋友，對於一個高中生來講簡直是世界末日。

現在想起，那時其實根本也沒有確切的證據可以說明自己是同志，但他卻像是被抓到把柄一樣噤聲。

阿群當時就知道，高中畢業後一定要離開那裡，所以現在才會坐在這間吵鬧不已的教室。也由於高中時的遭遇，所以他保護色彩很重，沒有想要跟誰當朋友，只是靜靜地看著班上的同學。

果然大城市的人都比較會打扮。

這是阿群的第一個想法，而小草並不在其中。小草也是南部上來的孩子，極短的頭髮與黝黑的膚色，一看就是很愛運動的樣子，最好看的部位是濃密的眉毛，還有之間不經意流露出來的憂鬱氣息。小草一定是許多人眼中好看的男生，也因為身高很高的關係，在人群中更是顯眼的存在。只是並不是阿群喜歡的類型。

有的人無法抗拒憂鬱的氣質，會激發母愛，但對阿群來說正好相反，因為他的經歷使然，他更加抗拒陰暗負面的象徵，因此阿群並沒有特別去在意小草。

他們兩個真正認識是因為分組作業被分到了同一組，題目是：街景與招牌的關係。那是個為期一個學期的大型研究報告。

好無聊的題目啊。阿群心裡這麼想著，但隨即才發現自己並沒有摩托車，對於要移動觀察城市來說，並不方便，但自我保護這麼重的他，自然不可能向幾乎是陌生人的組員開口求救。

正當阿群在苦惱的時候，小草竟然先開口問了他。

「你有交通工具嗎？」同為外縣市上來的人，小草顯然早就猜測到可能的情況。

「沒有。」

「我有摩托車，我載你一起做報告好了。」

就這樣，小草便帶著阿群一起在整個城市穿梭著。雖然阿群很感謝小草的幫忙，但卻也不是日久生情，拜託，他才沒那麼花痴，而且當時他還是很保護自己。

真正喜歡上小草是因為：小草發現了他是同志。

至今阿群仍然不知道為何小草會發現這件事，當然他們相處的時間是比一般同學多，但相對的也更是加倍謹慎。不亂瞟男生、不胡亂發表評論，總之就是能夠不說話就盡量不要開口。不要說話，是最好的自我保護，這是阿群後來研究出來的心得。

可是就在某次戶外研究時，大概學期過了一半後的某天，當他們一如往常例行去街上做招牌研究時，小草卻突然說：「我問你喔，你是不是喜歡男生啊？」當時他正盯著一個橘色的招牌看。

「咦？什麼啦？」阿群的心跳漏了好幾拍。怎麼會發現！

「你可以信任我，沒關係的。」

不應該承認的，才第一學期，接下來還有三年半的大學生活要過，要謹慎小心才行啊。阿群心裡清楚知道這件事，但不知道為什麼，或許是這些日子的相處，就如小草自己說的，他是個可以相信的人。於是阿群承認了。

「這樣啊，我知道了。」

而對於阿群的坦白，小草也只是點點頭這樣說，沒多發表什麼意見，繼續他的街景觀察。

隔天，阿群懷抱著忐忑的心進教室，發現同學一如往常，小草一樣在他的旁邊幫他留了位置。就是在那一刻，阿群喜歡上了小草。

不只是感激，而是感受到了小草的溫柔。

然而就因為太溫柔，所以阿群一度以為小草喜歡自己，甚至還懷抱著幻想過。一定是這樣的吧，會發現他是同志，不是因為自己也是，就是因為喜歡他吧。

但隨即阿群也跟著就發現小草原來早有個交往數年的女朋友了，而且對他也沒有多餘朋友之外的示意，反而比較像是哥哥對弟弟的那種照顧。情人的愛跟家人的完全不同，再遲鈍的人都可以分辨，所以阿群很快就確認了自己沒機會。

可是那一整個學期，阿群默默在心裡暗自決定先不要購買摩托車。

就在那樣的時光裡，他也跟芊芊漸漸熟識。

同樣無法擁有喜歡的人，所以只能用朋友的身分自居。因為懷抱著不被接受的卑微，因而互相取暖。說來可悲，他跟芊芊的友情是建立在這件事上頭。

「芊芊從來都沒跟我說過這件事。」開口的是君艾，顯然有點受到打擊。原來芊芊對她其實有所隱瞞。

「當然，這是我跟她的祕密。不，我們並沒有約定好不能說，也不是要對誰隱瞞，只是自然而然就有了這樣的默契。我相信著她，她也信賴著我。我們像是個祕密的聯盟一樣。」

君艾理解地點了點頭。

「今晚我才想到，這個芊芊為我保守了這麼多年的祕密，其實是她對我的保護，她用這樣的方式看重著我們兩個人的友情。可是，我卻自己將它給丟棄了。」

「因為頂樓看到的事？」

「嗯，那是一切的開端。」

「你到底在頂樓看到了什麼？」

「呵，滿天的星空啊……」阿群又輕輕地笑了：「還有星星下互相依偎的小倆口。」

因為無法再接近一些、因為害怕更靠近一點會被討厭，所以只能用遙望的方式去凝視一個人，但沒想到卻也因此發現了祕密。

「所以你便認為芊芊跟小草在一起了？」雖然是疑問句，但君艾可以理解在那樣的情況下，再加上前因而總結起來會有的猜測與認定。

只要線索夠多，就會集結成了證據。

「當然不是啊，我又不是小孩子，哪會這樣就覺得他們在一起啦。我又不是笨蛋。」

阿群露出一貫帶點戲謔的輕笑。

「那不然是……」

「我聽到了開門聲啦。」

「拜託你，在這種時候不要還老說些別人聽不懂的話好嗎？」允辰開始不耐煩了，連在這種時候，阿群都還如此不正經。

「我故意住在小草的正上方。那時在點亮星星當小草決定住在樓下時，我第一個衝上樓選了他正上方的房間。我是故意挑選了那個房間。」

君艾突然懂了，這是阿群喜歡小草最適切的方式。小心翼翼的距離。她當然明白這樣的情緒，阿群之於小草，就等於她之於允辰。

「然後，我在半夜聽到了奇怪的聲響，也不能說奇怪，那是一種人為的聲音，雖然很輕，但無論如何都不應該出現在大家都在睡覺的時候。我想了一下，猜測可能是開門的聲音。而且似乎是樓下傳來的。

「當下我就覺得不對勁啦，擔心會不會是小草做出奇怪的舉動？畢竟他剛失戀嘛，所以便起身下樓去看看。媽的，樓下的燈一盞都沒開，烏漆抹黑的，只有星星的光勉強把房子打亮了一些，我幾乎是扶著樓梯扶把才能走下樓。但走到一半時，你們猜我遇見了誰？」

「芊芊！」

「賓果。」阿群又撇了撇嘴角：「芊芊看到我嚇了一跳，但我才是要被她嚇死，半夜耶，一個長髮的女生走路輕飄飄的。還等不及我開口，芊芊就急忙跟我說：『剛剛樓上廁所有人在使用，我下來上廁所，水喝多了。』」

「這很合理啊。」

「你忘了我下樓會經過廁所嗎？剛剛沒人在裡面。」

「但有可能是已經上完離開了啊。」

面對不想承認的第一個動作，通常不是否認，而是找出其他反方向的證據。

「那你當晚有上廁所嗎？」阿群先問允辰。

「沒有……我一覺到天亮。」

「那君艾呢？」

「我也沒有。」

「就這麼巧啦，我也剛好沒有。」阿群幾乎要笑了。

「但這是事後諸葛，當下你並不知道我們沒人上過廁所。」允辰試圖提出新的證據。

「當然，你說得沒錯。」阿群一副「早料到你會這麼說」的神情：「所以我剛剛有說『我下樓時烏漆抹黑，一點光都沒有』，有人上廁所不會開燈嗎？更何況當時那麼安靜，就連針掉在地上都聽得見，馬桶的沖水聲怎麼可能會聽不到。」

這句話是肯定句，君艾跟與允辰也無法反駁。

「所以唯一合理的解釋，剛剛的開門聲是來自小草的房間啦，而芊芊從裡面出來。」

「可是這些都是臆測而已，你並沒有親眼看到。」

阿群點了點頭：「你以為我發現他們在一起會很開心喔？我當然也希望是自己多想了，所以之後我特別觀察著芊芊跟小草的互動。」

「那你發現了什麼？」允辰急問。

「除了你跟芊芊在鵝鑾鼻燈塔大吵一架之外，什麼都沒發現。」

「你怎麼會知道這件事？」允辰感到驚訝。

「大家都發現了好嗎？壓低聲量並不代表沒有人會聽到，你很呆耶。」

「那你到底發現了什麼？才終於確定芊芊跟小草是在一起了？」這次換君艾插嘴了。

「你不覺得命運很有趣嗎？常常在自己以為沒有什麼的時候，就會讓你發現了一些什麼。」阿群再度撇了撇嘴角，一抹戲謔。「昨天晚上，我看到了小草從芊芊住的地方走出來啦。」

「什……麼？」

阿群點了點頭：「原本我昨晚跟芊芊約好去她家跟她拿書，但芊芊臨時說她有事，跟我改約今天。本來嘛，約改來改去都是很常有的事，也沒什麼大不了的，所以我也沒掛在心上，隨口應了聲『好』就過了。但問題就錯在，我跟芊芊家住得很近。」

「什麼意思？」

「你們應該都知道我跟芊芊家住得很近，但嚴格來說並不是真的順路，直線的走是最快到我家的方式，而芊芊家則是要刻意繞了半個彎才會到，所以一般我並不會經過芊芊的住處。只是昨天剛好下班得早，我心想乾脆碰碰運氣，繞過去看看芊芊在不在家，如果在的話就可以順道跟她拿書。」

雖然才是昨天發生的事，但阿群描述的口吻卻像是在很久以前一樣。

「到巷口時我撥了電話給芊芊，但她沒有接，可是一想到要是爬了六樓上去，卻發現她不在的話，不是很辛酸嗎？正當我在猶豫的時候，就看到小草從芊芊住的公寓走出來啦。見鬼了，總不可能小草還剛好認識同棟樓的其他人吧。」

「可……是，這也不能說明什麼啊，我們都是朋友，很有可能突然去找她，就像你也臨時起意過去一樣。」允辰說。

「我們果然一樣。」

「什麼？」

「不想面對現實的時候，就假裝看不見。」阿群扭了扭脖子，把背靠在牆上，接著繼續說：「但因為太害怕了，所以我又撥了電話給芊芊，這回她接了。但，她說『我不在家。』她不在家，聽到這句話時，我整個人都發抖了起來，心裡一直想著『慘了、慘了……』。」

此刻君艾跟允辰都說不出話。

「你們說這不是有鬼是什麼？老天爺真愛開玩笑。」阿群苦笑了一聲：「更慘的你們知道是什麼嗎？」

君艾跟允辰同時搖了搖頭。

「掛掉電話後，我又撥了電話給小草問他在哪裡，小草回我說『我在家裡。』除非會瞬間移動，不然五分鐘前才離開芊芊家的他，現在怎麼可能在家裡啦？」

「一定是在掩護些什麼吧。」允辰喃喃自語。

「終於你也同意了吧。」

不想就此相信啊，多希望當時小草可以說出不一樣的回答。

「但你剛才說是自己害死芊芊，你說的『威脅』是指什麼？」突然像是記憶起什麼，君艾問道：「意思是你威脅芊芊，要把這件事跟我們說嗎？」

「對。」阿群停頓了一下：「可是，其實我是抱持著最後一絲希望去找芊芊的。」

「最後一絲希望？」

「嗯，因為實在太害怕了啦，受不了啊，根本無法集中注意力做任何事，就連晚餐也吃不下，滿腦子都是小草跟芊芊的事。所以我傳了訊息給芊芊，問她何時到家？我急需那本書，再晚都可以過去拿。然後芊芊回了訊，說她半小時後到家。」

這些日子以來，猜測就像是不斷拉緊的弦，隨著時間日益緊張跋扈。不安的情緒始終都沒有從阿群的心裡消失過。

「所以你們就約了碰面？」

「對。出發去芊芊家的時候，我全身都在發著抖，明明不冷啊，但我的手腳卻凍得不得了。我希望芊芊可以跟我說『我跟小草沒發生什麼』，我是希望芊芊可以這樣說，即使是騙我也好，我希望她這麼說。上樓梯時，我心中一直這樣暗自祈禱著。」

只要她這麼說了，我們就可以繼續當朋友了。只要她這樣說了，我就信了。

「可是，芊芊卻說：『我跟小草在一起了。對不起。』她說了這樣的話。她跟我道歉了。」阿群語氣中有股絕望。

芊芊的房間並不大，約莫七坪的大小，方正的格局，進門的右手邊是浴室，緊靠著浴室的則是兩人座的小沙發與茶几，對面是一台液晶電視；再過去則是一張雙人床，床的對面是一張書桌，旁邊是衣架，上頭掛著幾件薄外套，是前幾年很盛行的一大房的格局。很尋常的房間樣式。除了緊鄰著浴室的區塊之外，房間內其餘的擺設只要站在門口就可以一目了然。

第一次到芊芊的房間是在大一時，阿群印象很深刻，原本他以為像芊芊這樣公主氣質的人，房間都會是粉色調，有很多各式各樣的卡通飾品，抱枕、玩偶、桌巾或是馬克杯之類，但芊芊的房間連一條蕾絲邊都找不到。整間房都是米白色調，就連書架與沙發也是，阿群不止一次說芊芊的房間根本是無印良品的樣品屋。

畢了業之後，芊芊搬到了市區，但房間卻像是原封不動搬了過來似的。簡直有種空間錯置的感受。從那時候起，阿群就知道芊芊是個務實的人。

昨晚進了門之後，他並沒有如往常一樣直接往沙發上癱，而是站在玄關處，像是在與誰僵持著似的。芊芊一開始沒有發現阿群的不對勁，自顧自地到書架上找書，一直到發現阿群沒發出聲響後，才覺得有異。

她抬頭一看，發現阿群還站在玄關處。

「怎麼不進來？我找書一下。」

阿群只是盯著芊芊看，不發一語。

「發生……什麼事了嗎？」芊芊終於發現不對勁了，她找到了書，轉身邁向阿群。

「妳……跟小草是怎麼回事？」阿群問出這句話的時候，心中都還在不斷祈禱著。

可是，芊芊的回答粉碎了最後的希望。

「我們在一起了，對不起。」她這樣回答，平靜的。

在一起了？什麼叫「在一起了」？小草是梅子的，不屬於我們之中任何一個，我不知道妳為什麼要說你們在一起了？妳跟小草沒有「在一起」這件事。阿群在心中大叫。

他想起了大家一起去墾丁玩是由自己所提議，如今看來根本是一種諷刺。

但也就是因為這樣，阿群才明白自己之所以能夠如此放心地去喜歡著小草，其實是因為梅子。因為小草早就有喜歡的人，所以他不用想著坦白，更不用擔心會受傷。只要安安靜靜地在一旁待著就好，默默地喜歡著就好。像這樣，繼續喜歡著就好。

對阿群來說，小草跟梅子不只是一對情侶，更是一個象徵。是他的感情潔癖。

阿群從來都知道自己是沒機會的，小草不是同志，他第一關就被刷了下來，他心裡明白，也從來都沒有抗拒過。可是，他甘之如飴。因為有梅子的存在，他不用表白，也就沒有被拒絕的可能。

梅子是他的擋箭牌，他躲在她的後面喜歡著小草。他知道自己很膽小，可是他並不在意，他只要可以繼續不受打擾、安穩地喜歡著小草就好。

這些年下來，阿群也交往過幾個人，或長或短，但相同的是最後都無疾而終。比起異性戀，同志的感情更難長久，因為誘惑太多、因為男生比女生更加虛榮，享受被喜歡的感覺，所以他一路碰碰撞撞著。然而每次在沮喪失望的時候，只要想起小草與梅子，就能夠帶給他希望。他們兩個人的感情是阿群對於愛的憧憬。

所以，只要小草跟梅子繼續在一起，即便是結婚也無所謂，但只要他們不分開，一切就可以維持某種平衡。小草是屬於梅子的，他們是一起的，沒有人可以替代。他也可以去喜歡別人、跟另一個人在一起，甚至一個換過一個，但仍可繼續默默喜歡著小草，然而這一切的前提都是只要小草跟梅子不分開就好。

可是，現在芊芊破壞了這份和諧。壞了這個「可是」。壞了他對於感情的美好印記。

就像是兩個人約好一起去看某部電影，但其中一個人卻背著自己先去看了一樣，芊芊違反了承諾。他們明明都是同一陣線的，但她卻背叛了自己。原本的盟友一下站到了對立的陣營，他們不是一起的嗎？還有他對於愛情的美好想像又該擺在哪裡？阿群像是被當面甩了一個巴掌，臉上熱辣辣的餘溫遲遲消退不了。

「妳跟小草不能在一起。」阿群口氣認真且嚴肅。

「為什麼？」

「就是不能，妳不能破壞他跟梅子的感情。」

「他跟梅子已經分手了。」

「沒有，他們會復合。」阿群音量大了起來，「他們一定會。」

「他們不會！小草選擇了我！」或許受到阿群的情緒影響，芊芊也激動了起來，「小草不喜歡你，不是我的錯！」

阿群不明白芊芊的固執，芊芊也不懂阿群的。

「為什麼妳就是非要破壞原本和諧的關係不可！」

「我沒有，破壞小草跟梅子感情的並不是我。」

「但妳選擇了加入！」

「並沒有所謂的『加入』，我跟小草是『在一起』。」

啪！

阿群一把拍掉了芊芊手上拿的書。這本原本要向她借閱的書，這個今晚見面的藉口在這一刻也跟著消失了。

那條弦，斷了。

「阿群……」芊芊被他突如其來的舉動嚇了一跳，她從來都沒有看過這麼激烈的阿群。

「不要再說了！除非妳跟小草分開，不然我不會再跟妳說一句話。」就像是負氣的孩子，說完這句話阿群頭也不回踏出芊芊家。

那本書還在地上，像他們兩人今晚散落的情感一樣。

明明知道芊芊那麼重視朋友，卻拿友情來威脅她，這樣的自己不是更加卑鄙嗎？

然而其實阿群心裡明白，他之所以會如此憤怒，不只是因為芊芊跟小草在一起，也不只是他覺得芊芊破壞了他原本的安穩，或是對愛情的美好憧憬，其中更包含了他覺得自己同時失去了最喜歡的人與最要好的朋友。

雖然芊芊跟君艾情同姊妹，但因為他跟芊芊都喜歡同一個人，而且除了小草之外，也只有芊芊知道他是同志這件事，所以阿群反而能對芊芊傾訴最心裡的事，對芊芊來說也是。他們能夠理解彼此所說的話，就像是交換祕密一樣。加上出社會後他們兩個又住得相近，所以關係變得更密切。

有些話，即使是自己最親近的人也無法輕易訴說。但或許就是因為這樣，他才更無法原諒芊芊。

「妳從什麼時候發現我喜歡小草？」比較熟之後，阿群曾這樣問過芊芊。

「從我發現你開始打籃球那時。」

「妳有發現這件事？」阿群有點驚訝。他雖然有運動的習慣，但多半都以騎單車為主，而不是球類。

「一個人會突然想去學一件事，通常背後都會有強大的原因，要嘛是因為生活上必須，例如考試，再不然就是因為喜歡的人。」芊芊笑了笑：「既然學校沒有『打籃球』這個考試項目的話，那就是後者了。」

「可是打籃球很尋常的事啊。」阿群反駁。

「就是因為太常見了我才更加確定。」

「什麼意思？」

「就是因為隨時都能夠接觸，若想要學隨時都可以啊，它並不是那種場地限制或是要等到經濟條件稍微好了之後，才可以學的運動。所以如果前二十年都沒有想要學習的念頭的話，為什麼突然在某一刻會想要？一定有鬼。」

「這樣說也有道理，妳還滿聰明的嘛。」

「當然。」

「那這樣的話，小草會不會知道？」

「不會啦，這種事只有喜歡他的女生才會發現。因為我也興起過這樣的念頭，只不過我身高實在不夠。」

「那還真多虧了妳的喜歡喔。」

「哈，不客氣。」

這個以小草為中心所發展出來的親密，沒想到有一天卻也因為他而崩塌。就像是阿群怎麼都預料不到，不過才相隔一天，再次踏入芊芊的房間卻是不一樣的景況了。

「所以……」允辰開了口：「早在我跟君艾之前，芊芊早就跟小草在一起了。」此刻的他突然覺得自己根本是個白痴，方才的罪惡感一掃而空。

一旁的君艾則不發一語盯著前方看。

「他們是什麼時候在一起的？或是……芊芊根本是小草跟梅子分手的原因？」面對允辰的質疑，阿群與君艾同時轉過頭看著他，接著，君艾又把視線望向阿群，彷彿在等待著他的解答。

「我……不知道。」阿群洩氣地垂下肩膀，對於芊芊跟小草他一樣有許多的疑惑，昨晚被怒氣沖昏頭，根本忘了問這件事。

「那你有問過小草嗎？你剛剛不是撥電話給他？說了什麼？」

「我沒有問小草。」阿群搖了搖頭：「我只是通知他趕緊到醫院來而已。」

允辰聽到阿群的回答，也跟著垂下了肩，背部貼著冰冷的牆下滑，一直到屁股著地為止。

「阿群，」沉默許久的君艾再度開了口。

「嗯？」

「為什麼你今天晚上會突然去芊芊家？」一直到此刻，君艾終於把剛才心中隱約的疑惑給串連了起來：「還有剛剛你說『打開門進去時』……你怎麼會有芊芊家的鑰匙？」

阿群張了嘴，形狀像是發出一聲「啊」，但其實沒出聲，他只是支支吾吾著，除了「是……」再沒有吐出更多的話。

「是我要阿群去找芊芊的。」

三個人一轉頭，小草不知道何時已經出現在他們身後。

第四章 前男友

「鑰匙位置也是我跟阿群說的。」

由於身高的關係，天花板頓時感覺低了一點，頂上的日光燈直直地打在小草臉上，眼睛形成兩個黑色的窟窿，等到他往前再站出一步，才能看清楚他的臉。

「芊芊還在裡面？」

小草望向急診室，大家點了點頭當作回應。彷彿看出大家的疑惑，於是小草又說：

「晚上我跟芊芊有碰過面。」

「什麼?!」允辰與君艾同時發出驚呼。

小草點了頭：「就在她跟你碰面之前，我先跟芊芊碰過面了，在她家。」並把視線轉向允辰。

「所以芊芊才會約九點這麼奇怪的時間，也為什麼她會約在她家巷口咖啡館……」像是找到缺了一片的拼圖似的，允辰恍然大悟。早在自己跟芊芊約見面前，其實她已經先跟小草約好了。

「你找芊芊做什麼？」

小草先是苦笑了一下：「我們不用裝作不知道我跟芊芊的事了，這不就是我們現在會聚在這裡的原因嗎？」

「我沒有……」允辰漲紅著臉。

「為什麼你會要阿群去找芊芊？」還沒等允辰把話說完，君艾逕自插了話，語氣裡夾雜著慍怒。

不管是勝利或是虛榮，甚至是一部分的自責，這些情緒經過今晚早就統統消失殆盡，君艾現在只剩下更多的生氣與……困惑。

「因為……我覺得芊芊會出事。」

「什麼意思？」

「……是我害死了芊芊。」

又是這句話！這句話今晚輪流從每個人的口中說出來，允辰幾乎按捺不住憤怒的情緒，這群人到底是怎麼搞的！

「一次把話說清楚！」

「晚上其實我是去跟芊芊談判。」對於允辰的情緒，小草自然可以理解。

「……談判？」

「對。」小草就近在身邊的椅子上坐下，那排沒有面目的藍色椅子。「其實我跟芊芊並沒有真的在一起，應該是說，雖然相處像是情侶，我們對彼此也有好感，但其實都沒給對方承諾過什麼，我們並不是『真的』一對。」

「但芊芊說你們在一起了。」阿群反駁。

「她當然很有可能會這樣理解。可是事實上除了我們之外，並沒有其他人知道我們的事，我們並沒有對外宣稱我們是男女朋友。」

「這只是有沒有公開的差別而已。」

「不是這樣的。」小草語氣溫和卻堅定。

「我不懂？」

「芊芊當時還有允辰，而我有梅子，這樣的我們算得上是一對情侶嗎？」

是啊，不能公開的情侶，這樣的戀愛關係真的還成立嗎？只存在於兩個人之間的稱謂，還能說是一對嗎？就像是私下承諾好的約定，但怎樣都無法拿來當作是法規一樣約束。

「你剛剛說『你還有梅子』……？是什麼意思？」

仍是君艾發現了不對勁。

「嗯，這就是我跟芊芊碰面的原因。」

「你跟梅子復合了！」君艾發出驚呼。

小草點了點頭，接著說：「梅子昨晚突然來找我了，不過復合是今晚才確定的事。不，更精確地說，是剛剛才確定的事。」

「剛剛……？」

「其實是芊芊下午打了電話給我，約我晚上碰面。」或許某種程度來說，是芊芊逼他做了這個決定。

對於芊芊，小草其實始終懷抱著奇異的愧疚感。他並不是一個敏感的人，對於若有似無的情感流動並沒有慧根，所以一直都沒有發現芊芊喜歡自己。他們總是一群人一起出去吃飯、玩樂，從來就沒有單獨兩個人出去過。

彷彿是一條不成文的規定似的，約了芊芊，就會有君艾，當然也就不可能沒有阿群。

他們四個人像是一個單位，除非誰有要事，不然都會一起出現。

芊芊從來都沒有跟自己示好過，就連暗示都沒有，即使偶爾會有特別的噓寒問暖，但就再沒有更多。芊芊是個有分寸的人，因此更難察覺。這或許是因為芊芊很看重友情的關係，當然這也和她母親的事有關。小草更後來才注意到，芊芊一直以來都是聯繫著四個人的橋梁，他對於社交比較不擅長、阿群則是活動很多，而君艾也不是個熱情活潑的人，所以芊芊便扮演起了串連的角色。

而小草之所以會發現芊芊喜歡自己，其實是因為梅子。

雖然同樣在同一座城市，不過由於學校一個在南、一個在北，加上新生的忙碌，所以那陣子他跟梅子比較少碰面，最多是通電話。已經不是小孩子了，加上兩個人從高一開始就交往，也有好幾個年頭了，自然不會一一報告今天做了什麼、認識了誰、去了哪裡，更不需要時常膩在一起，梅子不是那種無理取鬧的女生。

梅子第一次見到芊芊也是在小角落。

那是已經開學兩個月後的事，第一個學期都過了一半，小草也開始跟其他人三人比較熟稔，而不再只是一般同學的關係，是好朋友。就因為這樣，他向梅子談到他們的次數變多了，終於有一天，她說：

「都要放寒假了，要不要介紹他們給我認識？」

那一天大家聊得很愉快。小草還暗自覺得以後梅子可以一起參加他們的聚會。

只是當天聚會結束之後，晚上梅子就對他說了「芊芊喜歡你」這樣的話。

「怎麼可能？不要亂說。」

「相信我，這種事女生都會知道。」

「少胡說了妳。」

「還有，阿群也是。」

「什麼？這更誇張了啦，阿群知道我喜歡女生啊。」

「喜歡一個人，跟對方喜歡什麼性別無關啊。喜歡就是喜歡了。」

「證據是什麼？」

「這種事女生都會知道。」

梅子又說了一次同樣的話。

小草自然不相信梅子的話，才見過一次面，哪能說得上什麼準。不過，梅子並沒有因此而制止他跟芊芊當朋友，她只提出了一個要求：「芊芊在的時候，阿群也要在。」

「這是什麼爛規定啊！」

小草抗議著，但唯獨這點梅子很堅持。他當時不知道為什麼梅子要提出這樣的要求，因為若是真的擔心的話，不是應該要制止他跟芊芊聯絡嗎？甚至阿群也要。兩個人如果沒有交集，就不可能產生火花，這樣才是最保險的事。

直到更之後他才比較明白了梅子的用意：只要有阿群在，芊芊就不會對自己有更多的表示。

他們兩個人會互相產生一種制約。小草不明白這樣的默契是怎麼達成的，但因為沒有危害到自己，所以漸漸也就不在意。太過自然的相處，就會變成是一種習慣，讓人忽略的其他的可能。

當然，近水樓台，若真的有心誰也防不了，芊芊如果真的想要多靠近一點，隨時都是機會，都足以誘發可能。然而芊芊並沒有這麼做，當時小草不太明白為什麼，甚至因此否定了梅子的推論，再後來一點才慢慢理解，芊芊重視他們四個人的友情大於愛情。

這並不是說友情是芊芊的第一排位，而是因為他並不是單身，若芊芊強行介入、當了

第三者的話，不僅會讓君艾與阿群對她產生不好的觀感，尤其是阿群，阿群對於感情有某種的潔癖，跟著甚至到了最後也有可能因此會連帶破壞了四人原本和睦的感情。芊芊重視的是這件事。與家人關係不親密的她，加倍在乎朋友。

不過相較於芊芊，對於阿群，小草其實更有著無法割捨的理由。第一次看到阿群時，小草就被他給吸引住，不是喜歡的那種吸引，而是因為他像他的小弟。不是長相，他們長得完全不一樣，而是氣質，那種壓抑的安靜、刻意的自然，眼睛轉啊轉地，外表看似樂觀卻一副觀察防備的姿態，就跟他小弟一樣。

像是他，死去的小弟一樣。

那時候小草並不明白小弟為什麼會有那樣的神態，他們從小感情就很好，可是在某一天，一切就不一樣了。他們的中間突然像是多了一道門，他只能在窗外隱約看到裡面人的輪廓。一開始以為只是青春期的彆扭，後來才發現原來小弟是同志，讓他轉變的原因就是因為這件事。

可是當他才發現的時候，小弟自殺了。他還來不及做些什麼。當時他高二。

雖然並不知道當時的自己能夠做些什麼，就算是做了結果也可能不會有改變，但自那天起小草就始終在懊悔著，被這件事所捆綁，掙脫不出來。小草從來都沒有跟誰說過，他是因為這件事才高中畢業後就先跑去當兵，退伍後立刻重考北上念書，待在家裡，會讓他喘不過氣。至今一想起小弟，他仍是會有股強烈的沮喪襲來。

所以當在阿群身上看到類似的氣質時，當下他多少就有點感受阿群也喜歡男生這件事，然而他並不在意，加上他的年紀虛長了阿群幾歲，更自然就把他當小弟看待。但畢竟沒有更多的證明可以說明這件事，因此也只是停在猜測的階段，貿然詢問也過於沒禮貌，所以小草遲遲沒有確定。

也或許是沒有對自己造成困擾，所以也就不會浪費力氣去追究，人就是這樣的動物。一直到梅子說出她的猜測，小草才比較肯定了自己的想法，之後也才向阿群求證。女生向來比男生敏銳，「這種事女生都會知道。」就像梅子說的。

當下小草也才明白，原來他會想親近阿群，不是出自於喜愛，而是因為自己弟弟的投射。他把阿群當成了一個補償，小草心裡很清楚這點。

所以他才會一整個學期都載著阿群到處看招牌，才會即使感受到阿群對自己偶爾過多的關愛，也不會有太多的反彈。因為他是弟弟。

雖然就外貌，阿群跟自己的小弟並不像。小草對於小弟的印象一直是半長不短的頭髮、扁塌的瀏海、瘦弱的身形，還有白色的上衣制服與淺色卡其褲，畫面始終都停格在他高中時期。可是阿群卻是有著古銅色的肌膚、顯然是有運動的身形、小平頭，還有不知道去哪裡找來簡直是替他量身製作的合身的衣服。

小草常常在想，若小弟現在仍在的話，是不是也會是這個樣子？對小草來說，這件事一直是他的遺憾，永遠無法知道答案的那種遺憾。

因此，他無法斷絕阿群。梅子想必也是明白了這件事，才沒非要他與芊芊切斷關係，因為他們四個人是一起的，只有芊芊被剔除是極其不自然的事。所以「阿群也必須在場」，就是她的讓步。

這也是梅子後來很少再參加他們聚會的原因，距離只是一小個因素，更重要的是，她不想看到兩個人對自己的男友投射關懷的眼神。沒有一個女朋友受得了這點。眼不見為淨，才是最好的方法。

這種事女生都會知道。小草至今都還清楚記得這句話。

而相較於對阿群的厚愛，小草對芊芊的態度就顯得更加可有可無。當然芊芊是個漂亮的女生，個性也很好，很容易叫人喜歡上，但或許是就是因為受了梅子的話語的影響，反而斷絕掉了原本有的可能。

小草會開始慢慢觀察芊芊對自己的反應，不是為了享受虛榮感，而是更清楚什麼時候該保持距離。就因為清楚她會對自己好，所以就更知道該如何去抵銷那些好，他們一個在明一個在暗。

小草從來都是覺得自己跟芊芊是不可能的，不是自己不受芊芊吸引，而是想像不出來自己會跟梅子分開。他跟梅子在高一新生報到時就認識，當時梅子跟他排在同一列隊伍註冊，梅子在前、他在後。最先注意到的是聲音，梅子的聲音裡有種清脆，每個字都說得確切、不拖泥帶水，很少有年輕女生講話是這樣的聲調，所以引起了他的注意。

他們並不是同班同學，但卻是同一個社團，都是漫畫社社員，再次相遇就是在社團裡。當時小草正埋頭畫畫，講台上就傳來熟悉的聲音，一抬頭，果然是梅子。梅子是後來才知道的綽號。這樣的巧合其實只是機率，但高中生特別信仰什麼命運安排、冥冥中註定的論調，所以在同學的鼓動之下，他開口約了梅子，不對，那個時代是從寫情書開始。

他用了三天時間寫了一封信給梅子，但裡頭畫的圖佔的篇幅比文字還多。然後她回信了，他們去看了電影、吃了飯；接著再約隔天一起去福利社買午餐、放學一起去搭公車……所有高中生腦海裡頭與約會有關的事都做了，一路就走到了今天。不是沒鬧過彆扭，學生有的幼稚行為也都經歷過，但從來都沒有人說出「分手」這兩個字。

所以，他想不出那個會讓兩個人分開的理由，他們處得很好、很有默契，梅子會包容他的沒耐性與大男人，她總是知道該怎麼對付他。當然更不用說，當小弟不在後，那段幾乎熬不過去的日子，都是她耐心陪伴著自己，這點小草尤其感激。就是因為這樣，他從來就沒有想過他跟芊芊會有更多，他跟芊芊，只是四個人裡面的其中兩個，稱謂不是「我們」。

可是他跟梅子終究還是走到了分手一途。在他們交往第十個年頭的時候，她決定不再包容他了。

「要嘛結婚，不然就是分手。」梅子用嚴肅的口吻說，沒有一絲玩笑的意味。

小草不是沒有見過梅子正經的時候，他們偶爾也會吵架、也會有意見不合的時候，每每遇到這樣的時刻，最後總是由梅子來終結。她收尾的方式並不是搞笑或撒嬌，反而是認真的提出要求。

「喂，我們和好吧。」

然後他就會答應。那是他看過梅子最認真的樣子，再來就是現在。

「我才二十六歲，太早了，過幾年再說啦。」

「你以為只有你的時間值錢嗎？我也同樣花費了十年在你身上。」

「我不是這個意思，我只是說還不急。我們才出社會沒幾年，連工作都還不穩定，至少也要有點存款再說吧。」

「那如果現在你就有一筆錢的話，你會結婚嗎？」

當下小草就被問倒了。

「就是說吧，錢根本不是關鍵，是你此刻根本就不想結婚。」

「那妳為什麼想要結婚？」

「因為我憧憬家庭生活啊。」

「我們現在不是已經跟結婚沒兩樣了嗎？」彷彿像是抓到救生圈一樣，小草反問著梅子。自從畢業後，為了省房租，他們立刻就住在一起。

「既然沒兩樣，為什麼不結？」但沒想到梅子立刻又把問題給丟回來。

這一次，梅子沒有退讓的意思。小草這才想起來，其實當梅子每次提出請求的時候，自己都會答應。自己從來都沒有拒絕過。或者，這次不願意退讓的其實是自己。

當天晚上，梅子就去同學家過夜，隔天趁小草去上班時清空了屋子裡屬於她的東西。像是從來都沒有存在過這個空間似的。小草沒有第二次的機會，沒有再為自己爭取些什麼的機會，有的就只是昨天晚上的那一次爭吵，就那麼一次，再沒有更多。

小草不知道為什麼梅子對於此事會如此固執，但就像他也不知道自己為什麼也這麼堅持一樣。

離開後，小草有試著再聯繫梅子，但她再也不接他的電話；透過共同的朋友，也同樣都得不到回應。就像是把石頭投到很深的水裡一樣。小草也想過乾脆到梅子公司去堵她，但實在太像恐怖情人會做的事了，還不到那個程度，還不到該那樣做的地步。

那時候接近六月，酷熱的盛夏即將來臨之前，這座城市卻迫不及待地已經燃燒了起來了。

第一個發現這件事的就是芊芊。

並不是刻意隱藏，但也沒必要特別宣揚，小草原本就是個不多話的人，加上梅子也幾乎不參加他們的聚會，而且大家也不是時常碰面，大多是網路上聯繫，一個月不過幾次的聚會，所以小草還以為大家不會發現他們分手的事，至少不會這麼快就察覺。

也或者是，小草曾經想過，或許在大家還沒有察覺前，他跟梅子就已經復合了。這也是為什麼他沒有很傷心的原因，小草覺得他跟梅子會和好如初。梅子某天會突然跳出來說：「嗯，我們和好吧。」

可是芊芊卻在第二個月就發現了。一開始小草還以為是她聽到了什麼風聲，但他們並沒有共通的朋友，所以納悶著。後來芊芊才說，是因為味道。

「你換洗衣精了？」

畢業後，很快地他就跟梅子住在一起，梅子有潔癖，所以家裡的家事大多都是由她進行，而他只是負責出賣勞力的部分。洗衣精也是梅子挑的，他對味道沒有偏好，所以什麼都好、便宜方便就好，但梅子卻偏好橘子牌的洗衣精，說是殺菌效果最好又環保。所以這三年來他的衣服從來都不是別的味道。而自從她離開後，等他自己上超市購買洗衣精時，才發現原來橘子牌這麼昂貴，當下就決定更換成其他平價的品牌。

但引起芊芊懷疑的並不是換了洗衣精的牌子，而是因為這個味道剛好是梅子會過敏的薰衣草。因為薰衣草恰好就是芊芊最喜歡的味道，第一次和梅子碰面時，就是因為身上的薰衣草味，讓梅子打了一個下午的噴嚏，芊芊當時印象很深刻。

但小草本身並沒有對於任何味道過敏，所以購買時也就沒有多加留意，只是挑了架上最便宜的品項購買而已，沒想到剛好就挑到了這個味道。

「你跟梅子還好嗎？」

當天聚會結束後，晚上芊芊特地詢問。

「不好，她搬走了。」已經過了兩個月，也不用隱瞞了。

「怎麼會？什麼時候的事？」原本是網路上的對話，芊芊立刻撥了電話過來，語氣驚訝。

「兩個月了。」沒想到說出口比想像中容易。小草突然覺得鬆了口氣。

「發生了什麼事嗎？不是好好的？」

「梅子她想結婚。」

「喔，」這個回答立刻讓芊芊的語氣緩了下來。「那……你還好嗎？」

「目前還好，老實說其實還沒有什麼真切的感覺。」

雖然已經兩個月了，但跟兩個人在一起十年的時間相比，顯得微小。之前常聽別人說，兩個人在一起久了，若其中一人突然離開的話，被留下的那一方會無法適應。但小草並沒有這樣的感覺，有時候他還是習慣性地會購買兩份用品，或是下意識挑了梅子喜歡吃的食物，然後回到家打開房門對著一屋子的空蕩悵然若失，可是卻不是悲傷。不是真的叫人呼天喊地的情緒，而是一種會發出「喔」一聲的理解與接受。

或許在他的心裡仍覺得梅子只是去放了一趟長假，是遠行，而非遠離。

「如果心情不好要說，不要悶著。」

「放心，沒事的。有事我會說。」

「好，你說的喔。」

「沒問題。」

那天之後，芊芊就開始比以往常更加關心他，只是偶爾會擔心他吃不好，特地買些吃的給他，但也是東西交給他後就離開，僅此而已。小草突然又想起梅子說過的話「這種事女生都會知道」，思考著芊芊的出發點。然而芊芊仍是一貫的節制，這讓小草也安心不少，甚至覺得果然是梅子多心了。他現在還沒有心力應付別人更多的情緒，不管是哪種。

脆弱的人加倍容易被當時對自己好的人給吸引，就像是溺水的人抓住浮木一樣。不過小草的感覺並不是這樣，他不覺得芊芊趁虛而入，一來是他不覺得自己有那麼脆弱；二來是他跟芊芊本來就是好朋友，一直以來都會互相關心，有某種程度的緊密，並不是突然加入的一個誰。只是芊芊的好比往常多了一點，如此而已。

芊芊對他好，小草自然是知道。現在想起來，或許就是因為這種介於朋友與喜歡之間的好，他才可以默不作聲。放任去接受她的好，其實是自己的一種默許。

小草並不知道芊芊的真實心情是什麼，卻也不去過問，甚至是刻意不去追究。承擔不了的事，就不要自找麻煩，很久以前小草就學會這件事了。他跟芊芊的關係像是小時候常玩的雙人拔河比賽，兩個人將繩子繞過自己的腰部，右手抓著繩子，然後視對方的回應而跟著運用腰力放鬆或收緊。芊芊多給一點，他就退一些；芊芊收回一些，他就進，維持著某種平衡。

因為，梅子只是去放了一個長假。小草心裡仍有這樣的念頭。

可是這個長假在某天，卻成了沒有終點的假期。大概是在第三個月的時候，那時候已經是夏天尾聲了，太陽曬得頭發昏，一出門就是滿身擺脫不掉的黏膩感，他還是照常的上班下班，盡可能找時間去運動，日子過得尋常，就跟之前一樣，就跟梅子還在時一樣。

但突然間，就在某一個停頓的片刻，當小草經過兩個人常去用餐的餐廳時，他覺得梅子不會回來了。

這樣的念頭才讓小草真正沮喪了起來，彷彿一件以前沒有意識到的事情，在這一刻成真了一樣。芊芊也意識到了這樣的他，於是提議要不要出去散心？去一個陌生的地方走走，暫時丟棄熟悉的一切？這或許是個不錯的主意，小草欣然接受。

已經工作了幾年所以存了一小筆錢，因此地點很快便決定從來都沒有去過的歐洲，不過也不是真的多寬裕，所以最後選擇了物價相對便宜的葡萄牙。

芊芊跟著他一起研究行程、找資料，小草以為她只是熱心，但後來才發現他誤會了。芊芊說的「去旅行散心」，原來是指「她陪他一起去」。

「我正計畫九月要去葡萄牙玩喔。」

在某回的聚會上，芊芊對君艾這麼說，當時小草才意識到這件事。對照著芊芊語氣中隱隱的雀躍，小草終於開始覺得不安。但也就是因為這句話，他確定了芊芊對自己的心意，再也無法別開眼去。

當天晚上，小草就對芊芊表示自己不去葡萄牙了。

芊芊自然是感到驚訝，她急急問著「為什麼？」但這是小草當時所能想到不傷害芊芊的方法。他無法跟芊芊說，自始至終他都是要自己一個人去旅行，所以只能順著芊芊的想法找出解套的方法。

「我想把錢存下來。」他這樣說。

其實他大可以答應去的，跟梅子已好幾個月沒聯繫了，他是單身、芊芊也是，他更不是不喜歡芊芊，她是個好女孩，他很清楚知道自己是被她所吸引著的，甚至若是早在梅子出現之前先遇到芊芊的話，他們是有可能會在一起的。有許多應該要去旅行的理由支撐著他，只欠他的應允而已。

可是，同時卻也有一個確切拒絕的理由：他若跟芊芊一起去，就表示他跟梅子真的是再無可能了。

說來好笑，怎麼還是想著他跟梅子的事呢？小草知道這樣很可笑，但事實是，他其實還沒有完全放下梅子，他還沒有做好與梅子從此斷裂的準備，即便已經分手，但空出來的位置還是在等待著。心裡頭那些期盼只是被隱藏起來而已，從來都沒有熄滅過。

也或者是，小草還沒有打算與另一個人開始一段關係。但只要他跟芊芊一起去旅行，回來關係就會不一樣了，不只是他跟芊芊，跟梅子也是，小草心裡明白這點。

小草並不是把梅子擺在芊芊之前，反而是一種不知道該如何決定，所以乾脆就不要決定的心情。他跟梅子長達十年的關係，不只是習慣，有著更多的情緒在裡頭，那些是就連小草自己都解釋不清的部分。

而這其中或許也包含了一些卑鄙，因為他覺得芊芊不會輕易就離開自己。她喜歡了自己這麼久了啊，所以便可以放心地不做決定。他不是覺得自己應該等梅子，而是覺得芊芊會一直守候著自己。所以，小草不急，有一天時間會幫他做出決定，只是不是現在。

也因此，之後當他聽到芊芊要跟允辰一起去葡萄牙時，驚訝得說不出話。她竟然要跟允辰一起去那趟原本屬於他的旅行。

芊芊故意在氣他！小草很快就發現這件事，當天晚上甚至準備質問芊芊，但一拿起電話才發現自己並沒有任何立場可以表示不滿。是他先不要的、是他先拒絕的，怎麼可以怪後面的人拿走了。

「波多美得叫人不敢直視，很喜歡這裡。……最近還好嗎？」

在葡萄牙時，芊芊曾經發來過這樣一封短訊，還附上了一張像是風景明信片一樣漂亮的河畔相片，為此小草還特地上網搜尋這個地名，知道上面的那條彎曲的河叫「多羅河」。

在芊芊跟允辰整趟旅途中，小草沒有主動聯繫過她，但偶爾會在芊芊的臉書上看到她分享的相片，他強迫著自己要去點讚，不過從來沒有留下任何的話語。甚至在收到芊芊這封關心的訊息時，他還刻意晚了一天才回覆，上頭只寫著：「還可以。」三個字，再沒有更多。他還在生氣，氣芊芊也氣自己。

一直到最後他始終都沒發出任何一聲抗議、最後讓芊芊跟允辰一起去旅行了。最後的最後，他們在旅途中竟然變成了情侶。

時間會幫他做決定，只是沒想到卻是朝反方向前進了。這是小草始料未及的事。也所以當知道芊芊跟允辰交往的時候，他會克制不住地脫口而出：「我跟梅子分手了」這樣的話。這大概是從梅子離開之後，他所說過的最情緒化的一句話。

葡萄牙那趟旅行是一個句號，芊芊在那個標點符號前靜止了。她還是對小草好，但不再是先前那種好，溫溫的，感受得到溫度但卻無法暖熱身子。朋友的那種好。她不再常常在私下問他好不好，見面也是大夥兒聚會的時候。他們又回到了之前的狀態。

兩個人重新私底下再有交集，是因為墾丁。

「要不要找個假日，大家一起去旅行？」

某天芊芊突然傳來這樣的訊息，一開始小草有點雀躍，以為是芊芊又開始對自己好了，但很快就發現原來旅行是阿群給的提議。也是，畢竟她現在是允辰的女朋友了。但也一直到這一刻，小草才發現自己已經好一陣子沒有想起梅子了。

可是，芊芊卻選擇了去墾丁。

墾丁是小草在台灣最喜歡的地方，曾經有某一年的暑假，他甚至在那邊待了一個月的時間，把第一個月打工賺來的薪水，全部花在第二個月的墾丁。租了間短期的民宿，整天都泡在水裡，餓了就吃、累就睡，醒了往水裡跑，曬得跟木炭一樣黑。

而在梅子離開後，那段芊芊時常陪自己聊天的時間裡，某回他跟芊芊提起了這件事：「有機會，真想再去那邊待上一個月。」那段無憂無慮的日子，真想回到那個時候。

「墾丁你最喜歡哪裡？」

「鵝鑾鼻燈塔。好高，可以看得好遠。妳不覺得燈塔可以給人安心的感覺嗎？」

「我知道你的意思，好像只要有它在，就會覺得有目標可以依循，對吧？」

「是啊，就是那樣。」

「我沒去過鵝鑾鼻燈塔，有機會帶我去？」

「好啊。」當時他這樣回答。

而現在，芊芊選擇了墾丁。

可是，日子還是跟往常一樣，並沒有起什麼變化。小草一度以為芊芊挑選了墾丁，是一種刻意、一種示好，她記起了他說過的話了，然而其實沒有。芊芊對他的關心仍然是常溫，對身體很好，但卻沒有滋味。

墾丁並不是一個開關把off切換到on，它只是一個日曆上的標記，再無其他。

十一月墾丁的天氣很宜人，不會熱到難以招架，只是晚上涼了些，尤其「點亮星星」這棟民宿位在山坡上，感覺從四面八方吹來的風更叫人瑟縮。比起雪白的房舍，小草更喜歡可以眺望海洋的草地，單單只是望著海洋，就可以發呆好一陣子。即便是晚上看不清楚海洋，但光聽著從遠方傳來的潮汐聲，就足以安慰他。

點亮星星面對海的草地上恰巧就有一塊平緩的大石頭，高度及小腿，剛好適合坐著，想必這塊石頭設置在這裡的用意也是如此吧。在民宿的大半時間，除了睡覺外，小草幾乎都待在這顆石頭上度過。

來墾丁之前，小草就在心中默默下了個決定，這趟墾丁之行，是他的句點。不只是對梅子，對芊芊也是。是該有個結果的時候了，芊芊已經往前走了，或許梅子也一樣了，所以他也應該是。

「這裡還是沒變啊。」當晚從墾丁大街回民宿的路上，小草忍不住這樣說。

當然，這裡更熱鬧了、商店更多了，就連民宿也是一間接一間地開，充斥著整條巷子，尤其是白色外牆的希臘風建築更是數也數不清；滿滿的招牌聳立在大街小巷，各種顏色字體都有，像是佔領了街道一樣。但是，那種與世隔絕的感受卻還是一樣。

這裡不是大城市，不是苦著討生活的地方，是度假、忘卻煩憂的地方。

回到民宿後，由於時間還早，所以阿群提議要玩大富翁，就連遊戲都帶來了。大富翁，他小時候跟小弟最常玩的遊戲，好懷念啊。不過話雖如此，小草從來都沒有認真思考過這個遊戲該怎麼玩才會獲勝，因為一直以來他都是陪著小弟玩，目的從來都不是要贏。

果然，他第一個就敗下陣來。

「我到外面透透氣。」他把手上的剩餘假鈔都交出去，也不管夠不夠，他只有這麼多了。接著起身就往外走。

室外的溫度比起回來時更低了，一直到冰冷的空氣接觸到手臂，小草才想起自己剛才一進門就把外套給脫在沙發上了。但實在懶得回去拿，或許冷點好，可以清醒一點。

他照樣挑了那塊大石頭坐下。今天的天氣很好，沒什麼雲，月光皎潔地落在海面上，像是撒了亮粉似的，海洋閃著細細地、晶亮亮的光澤，如同緩慢在呼吸著般，但更多時候像是靜止了一樣。而那些跳耀的光，其實是風的吹拂。晚上的海洋，比白天的更療癒。

不知道待了多久的時間，身體也漸漸習慣了低溫，才這樣想而已，突然耳邊就響起說話的聲音：「穿上外套吧。」聽聲音就知道是芊芊。

小草接過外套，身子往左側移挪動了一些，把右側騰出了更多的空間，可以再坐上一個人了。沒有開口邀約，但芊芊也自然地坐在空位上，兩個人的上手臂輕輕依靠著。溫度稍稍提升了一點。

「晚上這片閃閃發亮的海，讓煩惱都沒有了。」芊芊沒有看著小草，眼神直直盯著眼前的景色。

小草有點驚訝地望著芊芊，芊芊像是會讀心術一樣，說出了自己剛剛的想法。

或許芊芊向來都是懂他的，知道他喜歡怎樣的對待，只是他們的時間軸像是兩條起點不一樣的線，總是一前一後地錯過。他們不是不適合彼此，只是沒更多的時間去適合。

「但還滿冷的。」芊芊搓了搓手臂。

「對啊，那我們進去吧。」小草作勢要起身。

「沒關係，我也想坐一會兒，看看海。」芊芊則左手輕拉了小草的手腕。

這個舉動讓小草才想起，那時芊芊跟允辰在波多，是不是也是類似的對話與場景？看著那條蜿蜒多羅河的時候，芊芊是不是也是這樣輕輕拉著允辰的手，要他多留下來一會兒？

「你在墾丁的那一個月，每天都看到這樣的海洋嗎？」芊芊突然提問。

「嗯？沒想到妳還記得這件事。」

「當然，都記得。」

「那時候晚上比較少看到海，因為白天忙著衝浪，所以回到民宿一躺在床上就累癱了，常常還是給餓醒的。還好大街上的夜市營業到半夜，不怕沒得吃。」

「哈，好難想像你是這樣的個性。」

「不然妳覺得我是怎樣的人？」

「就是比較周詳，按部就班的那種。」

「原來我在妳眼中這麼無趣喔。」

「不是啦，」芊芊撒嬌似的拍了下小草的肩膀，「你知道我不是那個意思。」

「那……允辰呢？他是怎樣的人？」

芊芊詫異地看了小草一眼，隨即又別回頭去：「好人。」

「就這樣？」

「這世界好人已經不多，很不容易了。」

「這也是。」小草望著芊芊：「那……你們還好嗎？」

這回芊芊沒有再用「你為什麼這麼問」的驚訝眼神轉過來盯著小草，視線還是落在遙遠的海面上，她說：「我跟他，差不多了。」

受到驚嚇的反而是小草。

「差不多了？什麼意思？不是好好的嗎？」

「我們沒有吵架，放心。」

「那是為什麼？」

「我跟他本來就是不小心才碰在一起的兩個人，但並不是真的屬於對方。」

芊芊口中的不小心是指葡萄牙旅行？原本應該是他們兩個去的那趟旅行。小草低下頭，沉默了幾秒，突然又像是想起什麼似的開口問：「那允辰知道妳的想法嗎？」

芊芊搖了搖頭：「不知道，但我最近就會跟他說。」

芊芊的語氣裡有種堅決，小草不知道那是從哪裡來的，只是可以確定的是，她已經下了決心。

「那你呢？跟梅子有聯絡上嗎？」芊芊反問。

「沒有，她像人間蒸發了一樣。」

「喔。」芊芊嘆了口氣，小草聽不出來是惋惜？還是慶幸？但他私心希望是後者。

「其實，這趟旅行，我在自己心裡默默下了一個決定。」

「什麼決定？」

「要告別梅子，當作是一個句點總結。六個月了，夠了。」小草刻意避掉芊芊的名字。

「是夠了，浪費太多時間了。」芊芊低著頭沉默了好幾秒後，終於擠出這句話。

某一個瞬間，小草覺得這是芊芊對自己的指責。

冷風吹來，芊芊的身體不自覺地往小草身上靠了靠，她的左手臂輕輕貼著他的右手臂。

小草又想起了波多，他沒有去過那裡，但知道那座城市有一條很美的河以及很美的河景，當時他們是不是也是像這樣緊靠著？是不是也是望著一片晶亮的水面呢？或許是因為感受到芊芊的體溫，也或許是那片海洋作祟，小草突然意識到，這可能是他跟芊芊最後的機會了。

「喂，」小草從來都沒有這樣叫過芊芊。

「嗯？」芊芊回過頭望著小草，雖然光線不好，但看得出臉上很平靜。

「妳……還喜歡我嗎？」

小草從來都沒有問過芊芊這件事，他總是迴避、拖延著，然而到了現在終於沒有再繼續遮掩的理由了。最後的可能了。

聽到小草的詢問，芊芊靜默了。

氣氛突然有點尷尬，在某一瞬間，小草甚至想說出「當我剛剛的話沒說」這樣的言語，但最後卻打住。說了就說了，話是收不回來的，一直以來他對芊芊始終猶疑，也為芊芊感到虧欠，或許這一句話，其實是他所能給芊芊的回報，他遲來的、最後的心意的肯定。

不知道過了多久，芊芊終於開口了：「你還記得你跟我提過的，你在墾丁最喜歡的地方嗎？」

「鵝鑾鼻燈塔？記得。」

「明天，我們去那裡吧。」

「嗯。」小草笑了，他知道這是芊芊的回覆：「好，我們明天去。」

「今晚的天空好漂亮，好久沒有看到這樣滿天的星星了，好美的星空啊。」芊芊發出細微的讚歎，阿群也跟著抬起頭仰望整片的星空。

「有時候我會覺得，人其實很像星星。」

「什麼意思？」

「我們就像是浩瀚宇宙裡的微小存在，遍佈滿天，但卻各自孤獨，一直到某天因為發現了對方所閃耀著的光芒，才得以相遇，也於是有了連結。」

「由於看到了彼此的獨特，因而才散發出光芒。」小草點了點頭附和著。

「也就像是由恆星所連結排列出來的星座一樣。」芊芊看著滿天的星斗，接著把頭輕輕倚在小草的肩上：「今晚滿天的星星都像被點亮了。」

當時小草天真的以為，那片星空是對他們的祝福。

回到台北後，一切就像是夢的延續，日子如常，但跟芊芊聊天碰面的時間變更多了。當然是私底下兩個人碰面，為了不讓其他人發現，他們多選擇在小草家見面，偶爾才是芊芊家，因為他住的地方剛好與大家住的地方都有一段距離，最安全。

他們見面的時候其實常常什麼事也沒做，可能只是一起吃個飯，或是一起看張DVD，再不然就是漫無目的聊著天，奇異的是，兩個人再也沒提過墾丁那個晚上說的話，只是這樣相處著、互相喜愛著。他們像是情侶，但又不像。

小草知道自己沒有特別再詢問的原因，是因為他跟允辰也是朋友，無法不顧及他的感受，因此不能逼著芊芊趕緊談判。或許說來好笑，雖然他現在跟芊芊做的事已經等同是背叛他了，但毫不知情與刻意是不同層次的事。而且，現在這樣也沒什麼不好。

至於芊芊，小草不知道她到底是怎麼想的，他曾經迂迴地問過她：「妳花這麼多時間陪我，這樣沒關係嗎？」

「沒關係的，或許慢慢疏遠反而比較好。」但芊芊卻這麼回答。

那時小草才明白芊芊打算用時間換取空間，先把時間拉長，再慢慢削弱親密感，這樣提分手的時候才不會那麼難受。小草突然記起了梅子離開時的決絕，但隨即又把她甩到腦後。

原本事情該是如此進行的。原本。

可是，梅子回來了。

昨天晚上他剛回到家，那是一個再尋常不過的下班晚上，但突然房門的鑰匙孔發出了喀喀的細微聲響，一開始小草以為是自己聽錯，但接著梅子就出現在眼前。

「我從樓下看到亮著的燈，知道你在。」這是梅子開口的第一句話。像是問候、像是打招呼，也像是從來都沒有離開過一般自然。

此時小草才驚覺，梅子離開後，自己不僅沒有換過鎖，就連另外一副鑰匙也沒有拿回來。他盯著梅子手上的鑰匙發呆。

「我只是想試試，沒想到真的打得開。」像是看穿小草的想法似的，梅子晃了晃手上的鑰匙，然後把它收回口袋。

收回口袋……？這是什麼意思？

「妳……怎麼來了？」這是小草唯一擠得出來的一句話。

「啊，抱歉，打擾到你了嗎？」

「不是……但，妳怎麼會『突然』來了？」

一般的情侶分手了，會這樣若無其事跑進別人家嗎？就像是住在這裡的人一樣。就像是還住在這裡。

「我本來就住在這裡啊。」

「什麼？妳搬走了啊，妳自己看，屋子裡沒有妳任何的東西了。」小草從椅子上跳了起來：「妳一點東西都沒有留下。」

「你覺得這是很重要的事嗎？」

「什麼重不重要？妳一聲不響就搬走了，還找不到人，現在又說『本來就住在這邊』是什麼意思！」

「東西要搬進來、搬出去是很容易的事。」

「妳以為這樣很好玩嗎？」小草吼叫著，他才發現原來自己沒有自己以為的灑脫，至今還在意著梅子的離開。

「當然不好玩。」

梅子沒有被小草的情緒給影響，他當然是該生氣的，他有正當的理由發火。如果是她，她也會。

「還是妳把我當成什麼有趣的遊戲了？」

「怎麼會有趣呢？一點都不有趣……」梅子頓了頓，接著說：「流產一點都不有趣。」

「什……麼?!……流產！」這句話讓小草怒火瞬間冷卻：「什麼意思？妳是說妳嗎？妳流產？」他上前抓著梅子問。

「都過了喔。」梅子溫柔地撥開小草的手：「當然是我呀，不然是誰。」

「我的孩子？所以，妳是因為這樣才離開我的？」小草恍然大悟。

「當然不是。」

「不是？⋯⋯什麼？」

「別誤會，當然是你的孩子，但我並不是因為流產才離開的。」

「可是妳選擇消失了。」

「我離開的時候，孩子還在。」梅子身體輕靠在牆壁上，刻意與小草拉開一點距離。

「應該是說，我是為了想生下孩子才離開的。」

「所以妳當時才會問我要不要結婚！」小草突然懂了當時梅子的偏執：「那妳為什麼不跟我說妳懷孕了？」

「靠孩子來綁住男人，這可不是我的作風。況且不管你要不要結婚，我都打定主意要生下孩子了。我一個人可以養得活孩子。」

「那妳就更沒有離開的理由了啊。」

「你錯了，剛好相反，是更有了非走不可的理由。」

「咦？」

「如果我選擇待下，你想想，最後會變成什麼樣子？」

「當然是把孩子生下來啊。不然呢？」

「不是，是你會跟我結婚，如我所願。」梅子輕笑著，像在說個笑話：「但這不是你要的。」

「我從來都沒有說不跟妳結婚。」

「是，你是沒有說，但卻清楚地表達了，你並不想要現在結婚。我不要因為孩子改變你的選擇，這樣太辛苦了。」

到此刻小草才懂了，原來這是梅子的溫柔。

「這到底有什麼不一樣？不就是達到妳要的結果嗎？不是應該要開心才是嗎？」

「不一樣的。至少這件事我希望你是心甘情願，你說這是我的固執也好，但，我希望它至少是。」

「我還是不懂……」

小草仍然不明白梅子堅持的是什麼，至今仍然不懂，或許就是這樣，她當初才會毅然選擇離開。

「沒關係，都過去了。」

「那……小孩是怎麼……不見的？」

「前幾個月我發生了一場車禍，孩子就流掉了。」輕描淡寫。

「什麼？那妳還好嗎？」

「剛開始很痛啊，像是有人從胸腔把你的心掏出來一樣，痛得不得了……但現在好了。都過去了。什麼事都會過去的。」

「抱歉……」

「你道什麼歉啊，你很好笑耶，又不是你開車撞我的。」梅子又笑了：「不過，在病床上躺了一個多月，也想了很多，所以……就回來了。」

兩個人既然不是因為不相愛而分開，也不是因為無法相處而分手，自然有可以再繼續下去的理由。

小草說不出任何話。

「雖然我不是因為流產才離開，但卻是因為流產而回來了。」

梅子把垂到臉頰的頭髮撥到耳後，此時小草才發現她頭髮剪更短了，原本就髮型俐落的梅子，現在更顯剛毅。

「你知道嗎?住院是一件奇怪的事，裡面的人只做一件事、只想著一件事，就是『康復出院』。住過院之後，就覺得很多事都不用那麼計較了……人，其實很脆弱。」

小草抬頭看了梅子一眼，又垂下。

「當然我不會天真地以為你非要接受我不可，畢竟都過了六個月了，你可能也有新的對象了；就算沒有，也不是一定要接受我才行。」

小草依舊沉默著。

「可是，我總得試試才知道。我只是覺得自己該試試。」梅子依舊一派輕鬆。「你可以有你的決定，沒關係。只是若決定好了，就告訴我一聲。再說，我欠你一次，這次讓你決定吧。」

梅子起身往前拉了門把。

「鑰匙先擺我這，等你的選擇，再決定它的去處。」

關門，帶上，離開。

小草這回沒有挽留。

像是被一陣旋風給捲過，滿屋子的凌亂，小草腦子一片混亂，呆站在原地。

梅子，放完長假回來了。

當晚，小草失眠了。本來就淺眠的他，幾乎一整夜未闔眼，隔天掛著雙眼的黑眼圈去上班。他刻意讓自己忙，這樣就不會想起梅子跟芊芊，他當然知道自己在逃避，但此刻他想不出更好的方法。他的游移不定又回來了。

最糟糕的情形不是分手、不被需要了，而是當你打算放棄的時候，他卻說要回來了。他用離開粉碎你的生活，再用回頭打亂你的計畫，不管他走或留都干涉著你的人生。而雪上加霜的更是，此時卻還有另一個人在等你。

愛情最大的難處不只是在於兩個人合不合適，常常是加上了時間，甚至有時候「在什麼時候遇上了誰」比「這個誰好不好」來得重要。人是可以磨合的、包容的、變好的，但卻怎樣都抵擋不了時間。

就像是他跟梅子，她先到了，永遠都是另一個人所無法篡改的事實。梅子永遠都會比芊芊早出現了三年，這跟芊芊好不好無關。但卻也很有關。

時間的殘酷。

可是，小草還是無法做決定，不，他是逃避去做決定。他等著，等著時間再幫他做出另一個決定。他知道這樣的自己很糟。不過他還是，等著，然後盡可能讓自己忙。

然而沒想到的是，時間的決定來得比他預期的快很多。當天下午，芊芊就撥了通電話給他，電話那頭表示她晚上會跟允辰說清楚，但在此之前想先跟他碰一下面。

其實小草早就跟芊芊約好了今晚一起吃飯，但因為昨晚梅子的突然出現，原本他還打算晚點跟她取消，沒想到她就先打來了。

「為什麼這麼突然？」

「也不是突然，只是……覺得時間到了。」電話那頭的芊芊支支吾吾。

「有發生什麼事嗎？」小草突然想到，難道梅子也告訴芊芊了？

「沒有，只是再拖下去對彼此都沒有好處，我也不想再藏著祕密了。」

祕密……？

此刻小草才想起芊芊的處境，跟他不一樣，至少他是單身，而她卻是背著男朋友與他在一起。

「好，那照慣例，約晚上七點半。」這次約在芊芊家。

小草不相信命運，但卻相信順勢而走，或許事情本來就是應該要這麼快就下個決定吧。

「所以，芊芊下午打電話給你……？」聽了小草的這些話，君艾遲疑地開了口：「那她沒有說……什麼嗎？」

「沒有。」小草搖了搖頭，但隨即又說：「甚至連今晚碰面時，也沒多說什麼。……妳跟允辰的事，是剛剛聽到你們說我才知道的。」顯然是聽到了方才的對話。

允辰一陣熱辣竄上雙頰，只是君艾仍是一臉的疑惑：「芊芊為什麼不跟你說？」

「我不知道，……或許，是在保護妳吧。」

小草的話讓君艾臉色瞬間蒼白。

「那你跟芊芊到底談了些什麼？」允辰問。

「其實沒說到什麼，因為芊芊下班前突然有公事進來，一直忙到八點半才碰到面，但到九點她就必須離開去赴你的約了，你們約了九點？」

允辰點了點頭。

「那芊芊知道梅子的事嗎？知道她回來了？」

「知道，我有跟她說這件事，但僅此而已，沒有時間可以再多說什麼。」

「什麼意思？多說什麼？」

「其實在跟芊芊碰面前，不，一直到碰面時，我都沒有決定要跟梅子復合。我沒有跟她說這件事，我的意思是，我是說了梅子昨晚來找我的事，但我沒有說要跟梅子復合。因為我還理不清。」

「這樣不合理啊，這樣芊芊怎麼會知道你要跟梅子復合？怎麼可能會因此而尋短？」

「我傳了簡訊給她。」

「咦？」其他三個人同時發出疑惑的聲音，但接著允辰發出了「啊」的一聲。

「難怪我跟芊芊說話時，她一直在看手機，原來是在等你的訊息。」允辰突然恍然大悟，「還有那通傳來的訊息，想必就是你傳的吧。」

「嗯。」以一種幾乎看不到的弧度，小草輕點了頭。

「但你不是說你到跟芊芊碰面時都沒有決定，為什麼突然下了決心？」阿群按捺不住情緒。

「因為允辰。」

「我？」

「因為芊芊還有你，她可以回去你身旁。但梅子只有我而已。」

這句話讓允辰臉色一片慘白。

「所以我才會這麼快做出決定，希望可以趕在芊芊攤牌前阻止她。我希望來得及阻止她跟允辰分手……但終究還是太晚了，所以現在才會這樣……」小草自責地落下眼淚。

「所以你才會要我去芊芊家，就是要看她好不好？」阿群接話。

「嗯，」小草擦乾眼淚：「送出簡訊後，一直沒有收到芊芊的回覆，之後我又傳了一封，仍是沒有回覆，所以很擔心，才會要你過去幫我看看。……我覺得芊芊再也不會想看到我了。」

小草頓了頓，又發出像是喃喃自語的話語：

「要是早知道君艾跟允辰的關係就好了，我的決定可能就會不一樣。結果也就會不一樣了。」

「不會，一樣的。」允辰突然說。

「……這句話是什麼意思？」

「其實，芊芊是在收到你傳來的訊息後，我們才提到分手的，」允辰想起咖啡廳裡手機螢幕亮起，芊芊低著頭的樣子：「而且她也沒有挽留我，就像是……順其自然讓它發生一樣。所以，不管你的決定如何，其實結果都是一樣的。」

不過是今晚的畫面，但允辰卻用一種回顧遙遠記憶的口吻與神情在說話。

「什麼?!」允辰的話讓大夥兒發出驚呼。

「芊芊知道了所有的事，那為什麼還會做這樣的決定?為什麼還會尋短?」

即使再靠近，都還是有無法理解對方的時候；即使再親密，都還是懷抱著祕密吧。人就是這樣的動物吧，一方面相信著別人，但同時卻也小心翼翼保護著自己。

「為什麼芊芊要這麼做……」君艾近乎喃喃自語。

「你們知道嗎?」

突然一個女生的聲音出現，大夥兒抬起頭循聲而去，看到了芊芊正站在急診室前方分岔通道的出入口位置。蒼白的臉像是幽靈。

「其實，割腕是很難讓人死掉的自殺方式。」她這樣說。

第五章

女朋友

「芊芊！」四個人幾乎同時喊叫出聲，簇擁上去。

芊芊的左手腕捆著紗布，手臂直直地垂落在身體旁邊，潔白的紗布上看不見任何血紅的顏色，反而有種奇異的潔淨感，就像是剛洗滌乾淨的被單一樣。沒有絲毫血腥的氣味。

芊芊的出現，讓大家都鬆了一口氣。還能站在這裡，就是好事。

「妳還好嗎？醫師怎麼說？」

小草拉著芊芊到椅子上坐，跟著也在她身邊坐下，其餘的人則站在前方。君艾像是安了心一樣，輕輕哭了出來。

芊芊搖了搖頭，讓人分不清是在說「我沒事」還是「我不好」，接著她又重複剛剛說的話：「你們知道嗎？割腕只是一種手的毀容而已，但很難真的讓一個人死亡。」

「什麼？」

「我在報章上讀過相關的報導，大部分選擇割腕自殺的人，其實都不是為了自殺，而是為了獲得關注而已。」

「現在不是開玩笑的時候。」芊芊的一派輕鬆，反而使得允辰有點惱火。

「我知道。所以我是認真的。」

「那妳為什麼要割腕？還要做這種傻事？」

芊芊苦笑了一下，側了頭看著正在啜泣的君艾說：「不要哭了，我沒事的。」深深吸了一口氣，又說：「妳……是不是覺得我搶走了允辰？」

君艾聞聲抬起頭看著芊芊，一臉的驚訝。

「其實，從葡萄牙回來沒多久，我就發現妳喜歡允辰的事了。」

「怎麼會?!」君艾睜大眼睛，一臉無法置信。允辰也以同樣的神態慌張地望著芊芊。

「妳還記得我從葡萄牙帶回來給妳的禮物嗎？」芊芊對君艾說。

「記得，里斯本的星巴克城市杯。妳說因為有點重量，所以想先拿來給我，免得等到大家聚會時還要帶著它走來走去的，不方便。」

「對，就是那次。那天我在妳家發現了波波獅的杯子。妳唯一喜歡的插畫是黑白的馬來貘，家裡會出現的圖案都是它的圖案……妳向來都不喜歡可愛繽紛的圖畫，所以有這樣一個杯子出現在妳家裡，是一件奇怪的事。」芊芊頓了頓：「它是個極不自然的存在。」

「但那也可能是朋友送我的。」

「我有想過這個可能，但妳說『這是超商集點的贈品』。妳說了這樣的話。」

如果不是喜歡的東西，那為什麼還要費心集點？一定是有其他原因支撐著。

「啊……」君艾猛地想起，自己當時的確是這樣回答。她如實回答，因為找不到有必須隱瞞的原因。

「可是這也不能證明什麼。」

「照理來說，杯子又不是什麼奇怪的東西，很日常，本來就不應該大驚小怪才是。可是，問題就出在我在允辰的家裡也看到了同樣的集點杯子。」

「嗯，我也有一個沒錯。」允辰點點頭附和著，但接著又發出了抗議：「可是……這也沒什麼啊。」

「所有的情節，都是經由這些沒什麼所累積出來的。」芊芊繼續說：「就是因為這樣的聯想，我才記了起來，我們第一次跟允辰碰面的時候，當天君艾是穿了裙子吧。平常很少穿裙子的君艾，當天卻刻意打扮，當時我就有點訝異，但也沒多想。後來我才想到……」

芊芊停了一下：「其實，那天君艾把允辰約來小角落跟大家見面，目的不是想要介紹大家認識……」

「不然是什麼？」提問的是小草。

「其實是想要我們幫她『鑑定』允辰吧。君艾並不是要我們跟他當朋友。」

「妳是說，那種把自己喜歡的人帶來讓朋友看看評鑑的那種嗎？」

「嗯。對吧，君艾？」

「是的，是這樣沒錯。」君艾絲毫不閃躲。到了此刻，迴避再也沒有意義了。

「但這一切也可能只是巧合啊。」允辰還是無法接受這個說法。

「當然，因為就連我都無法相信這件事。情同姊妹的朋友喜歡自己的男友，怎麼可能會沒發現？也太遲鈍了吧。」芊芊說：「一直到我發現了另一件事之後，我才肯定了。」

「什麼事？」

「有天晚上跟允辰吃飯時，他遞過來手機，指著上面的動態問我：『君艾最近為情所困嗎？她下午才發的貼文。』」

芊芊看了一下允辰，允辰點點頭肯定了曾有過這件事。

「當時我一頭霧水，但君艾的臉書動態的確寫著『每回看到他，都只是提醒我的傷心』這樣的一句話，任誰都會覺得這是寫給自己喜歡的人的話吧。」

「可是這跟允辰並沒有直接關係。」小草提出質疑：「也可能只是書上看到的句子而已啊。」

「是的，但問題的怪異點就在於，我的臉書動態牆裡並沒有出現這則動態。至少我沒有印象。」

「啊……」君艾像是想起了什麼事，輕聲驚呼。

「事後我還特別再次檢查了自己的臉書，才證實了其實我是被君艾給排除了。君艾刻意不讓我看到那則貼文，她篩選了我。」

君艾的頭壓得更低了。

「可是這並不合理，君艾怎麼會沒想到，妳可能會經由允辰得知？」

「因為比起這件事，我更希望允辰看到動態。」低著頭的君艾終於開了口：「……我還是希望可以得到允辰的關心。對我來說，這是一種補償。」

「所以這也就解釋了，當初為什麼妳會拚命想要阻止我跟允辰一起出國的原因了，還有那些偶爾出現的反常舉動，一切都合理了。」芊芊點了點頭。

「對不起。」君艾眼眶再次紅了。

「不，該對不起的是我。我自認為是妳最好的朋友，竟然沒有察覺妳喜歡允辰，然後還跟他在一起……想必妳一定很難受吧。」

君艾又哭了。

「自從發現這件事之後，我一直都很自責……也無法再跟允辰相處。」

「這句話是什麼意思？妳的意思是……」允辰壓低音量說話，就因為太刻意，反而顯得生氣：「妳因為對君艾感到愧疚，所以故意懲罰我？」

「當然不是。」芊芊趕緊反駁：「我是無法原諒自己。」

「就因為跟我在一起？」

「對，但也不對。」停頓了一下：「你們都不知道，小草跟梅子並不是在十月分手的事吧？」

「但我們確實十月時才知道啊。」

所有裝著祕密的罐子，在今晚都被打翻了。

「其實小草跟梅子早在六月就分手了。」芊芊轉頭跟小草確認。

「嗯。」小草點了點頭。

「我是第一個發現這件事的人，但我沒有跟大家說，因為覺得小草並不想張揚。而我也沒有資格去幫他宣布這件事。所以那陣子我特別關心小草，常陪他聊天，走得特別近。」芊芊停頓了一下，深呼吸一下才又繼續說：「甚至葡萄牙的旅行，原本是計畫要跟小草一起去的。」

躺在病床上時、還有剛剛她還隱身在通道的轉角時，芊芊聽著大家的對話，不斷思考著，自己當初是懷抱著怎樣的心情去對小草好的？說沒有私心是騙人的，她喜歡小草，而且很久了，可是當他跟梅子分手後，自己卻沒有亟欲想要跟他交往的衝動。

她很小心翼翼，一方面當然是知道小草還在復原期，離開一段十年的關係很難的啊，她知道，所以才能不心急。她只要能陪在他身邊就好，只要時常可以出現在他左右就好。只要，確保沒有其他人站在她的前面就好。

芊芊覺得只要一步一步慢慢接近就好。所以，她才邀了小草一起去旅行，這是那個小小的一步。只是她怎麼也沒有想到，小草會反悔。她當然生氣，幾乎可以算是憤怒，因此才故意答應了允辰當旅伴，目的就是為了氣小草。

如果小草為此生氣就好了，如果他能因而有一點反應就好了，甚至是發出一點抗議的聲音阻止都好，她就有繼續的動力了，然而沒有。對此芊芊傷心不已。

那段時間，她都沉浸在自己的悲傷裡，所以才會忽略了君艾的情緒，也才會錯過了君艾的反應。芊芊自責的是這件事。

「如果早就知道君艾喜歡允辰，我就不可能會答應跟允辰一起出國。」

「所以原來我只是替代品？」允辰沮喪地垂下肩膀。

「不是的，」芊芊語調突然升高：「或許現在說這些你都不會相信，但在某一刻，我是真心接受了你，並不是把你當成另一個誰。」

愛情本來就有許多種樣貌，被愛與愛人，還有對待與被對待，常常並不是那麼容易分得清楚。尤其當一個人陪伴著自己、對自己好時，被照顧的感覺更容易變成是一種情愫。芊芊也知道這點。

可是當等待一個人太久之後，你也會開始質疑起自己，認為自己以為的那些愛是否只是存在自己的想像中而已。再跟著，也會開始思索其他的愛，這並不是退而求其次，而是開始覺得「或許這樣的愛也不錯」，這裡頭不是貶低，而是包含了更多的理解。

在葡萄牙那十幾天的旅行，從里斯本、羅卡角、奧畢朵，再到波多，允辰對她的細心與示好芊芊都能感受得到。一個人對於另一個人的在乎程度是掩飾不了的，尤其是朝夕相處的旅行，更能夠輕易就感受得到。

而只有兩個人的旅行，互相依存的關係也會加倍彰顯，即便芊芊從來都不是需要別人照顧的那種女生。

「妳的上衣皺了。」旅行第三天的時候，允辰對芊芊說了這樣一句話，當時他正準備幫她跟著名的28號黃色電車合照。

這句話讓芊芊有點驚訝。她不在意表情是否不對勁、光線會不會奇怪，或是構圖不夠好，瀏海因為很明顯容易被提醒，但衣服卻很容易忽略。所以，照相時她最在意的其實是衣服的整齊。

因為混亂的衣服會讓她感覺自己的寒傖。這跟她的成長背景有關，自從跟自己最親，不，應該是說對自己來說是唯一一個親人的奶奶去世後，她開始輪流在父親與母親兩邊居住，時間長短不一，但大抵是以學期為單位。

在那段時間裡芊芊最慶幸的，是父親與母親跟奶奶家剛好都在附近，相距不遠，兩者約莫三十分鐘的車程。雖然離其中一方遠了一點，但卻可以讓她在同一所學校讀完三年書，免去轉學的狀況。

然而到了高中後，芊芊就刻意選了一所遠一點的學校，直接搬到外面住。為此她的父母也鬆了一口氣，芊芊知道。

因為從小就是由奶奶拉拔大，所以跟父母的關係比較像是逢年過節才會見著的親戚一樣，是種模糊的概念。因此自然跟父母親都不熟，尤其是他們現在各自都有了新的家庭。

父母的新家庭都有其他的孩子，所以她一共有三個弟弟與一個妹妹，兩個同父異母、兩個同母異父，不變的是，無論在哪邊她都是排行最長的那一個。因為這些因素，她從來都得不到關注，她永遠是站在最遠位置看著眼前劇情的人。

父親與母親或是繼母與繼父並沒有苛待她，電視劇裡那種挨餓或虐待的戲碼從來都不曾在她身上上演過，他們都和善有禮，但就因為太客氣，所以反而親不起來。

不壞，但永遠也得不到最好。

芊芊時常會覺得自己像是工廠線的一環，而他們是作業員，固定在某個位置裝上某個零件，不會多也不會少，一種例行的事務。

不要惹麻煩、不要引起注意。那個時候，這樣的想法就在她的腦海裡根深蒂固。

也因此，在高一新生自我介紹君艾在講台上說著她的家庭時，當她說出「我有一個爸爸媽媽，還有一個弟弟，我們住在四層樓的公寓裡；爸爸是公務員，媽媽則是超市的店員，弟弟還在讀國一。每天晚上媽媽都會煮飯給我們吃，我媽媽很會煮菜，常常煮我喜歡的肉排給我吃，那是我一天最快樂的時候。」芊芊聽得入迷。

自我介紹時，大家都是盡可能挑選最值得誇耀、最容易引起注意的事情講，例如得過什麼獎、參加過什麼活動，或是國中時擔任過什麼職務等，但君艾卻說著平凡無奇的事情。然而就是這樣的話語，她才會被君艾給吸引。

當時芊芊抬起頭來看著講台上說話的女生，一頭像是有整理卻也像是沒梳理的及肩短髮，白色的制服襯衫上還有新衣服的摺痕橫跨在中央，幾乎可以想像，一定是早上才匆忙把衣服從塑膠袋裡拿出來，然後用最快的速度梳了頭髮後，再趕來上課吧。

她羨慕著。芊芊幾乎可以在腦海裡浮現君艾家庭的生活樣貌。她從來都沒有想要一個與眾不同的家庭，她要的只是最尋常的那種。

所以在第一節下課後，芊芊就去找君艾聊天。她想要知道一般的家庭是什麼樣子。也就是在那時候，她才發現自己原來懷抱著自卑感，她總會極力顯示出自己教養很好這件事，頭髮梳整齊、衣服不能皺……任何會被質疑沒人照顧的細節都不能展現。

她可以應付一個人生活，但無法應付同情。

因此，芊芊最在意的是衣服是否整齊這件事，這是一個象徵，所以每次拍照時都會特別提醒自己注意將衣服向下拉平。她從來沒有跟任何人說過這件事，連君艾都沒有，然而才不過第三天，允辰就發現了這件事。

而這一切，恰巧也對照了小草對自己的漠不關心。從知道她要跟允辰一起出國之後，小草從來都沒表示過什麼。如果他能因此有一點反應就好了。

後來芊芊才發現，自己其實一直以來都還在等待著小草的回應。

到了旅行的尾聲，當時是抵達波多的第一天，他們預計會在這裡待兩個晚上，然後回里斯本再待一天，就要結束這趟旅行。為期十二天的旅行，心情已經從一開始的雀躍轉為和緩，其中還參雜著一點疲倦還有即將回家的慰藉。

整體而言，葡萄牙是個叫人喜歡的國家，優美的風景、便利的交通，相對低廉的消費，觀光人潮也沒多到無法消受的程度，芊芊很喜愛這裡。

尤其是波多，才剛到的下午，當踏上了路易一世鐵橋時，陽光在多羅河畔灑下，閃閃發光的河面像在跳舞似的，岸上則是沿著和緩山坡建蓋的彩色調房子，就像是走進去夢境一樣。才第一眼，芊芊就喜歡上了。所以在要離開這座城市的前一晚，還任性地要求再去河畔看一眼當作告別。

也就因為太喜歡波多，所以芊芊才在抵達的第一天終於鼓起了勇氣主動傳了訊息給小草。簡訊裡她簡單描述了波多的美，句末則是加上了自己的關心問候。

「波多美得叫人不敢直視，很喜歡這裡。……最近還好嗎？」

不明顯、不張揚，甚至連暗示都沒有，但這短訊其實是個引子，是接續起雙方的那條線。

她管不了誰先誰後，或是不是會被笑話，她還是想知道他是怎麼想的？……她仍在暗暗地期待著他的回應。

只是，收到訊息已經是隔天的事。

不是因為時差的關係，芊芊計算過兩地的時間，是葡萄牙的上午，台灣則是傍晚。就如同透過訊息傳來的不帶溫度的回應，那種不在乎一個人才會使用的詞彙。這是整趟旅行中，跟小草唯一的一次聯繫，卻也讓芊芊徹底灰了心。那些冰冷的字眼，都像是對自己的嘲笑。

原來，等待得太久不是會感到疲累，而是有一天會發現自己不知道為何而等了。感覺再沒有意義了。這點最叫人傷心。

所以，她真心地接受了允辰。接受了另一種愛的可能。

旅行回來之後，芊芊刻意與小草保持著距離，不主動聯繫、不特別問候，他就跟其他朋友一樣。就跟阿群一樣，都是朋友、只是朋友。

可是，當允辰在聚會裡宣布兩個人交往的事情後，沒想到小草緊接著就也自曝了他與梅子分手的事，芊芊有點驚訝。當下，她就知道小草生氣了。畢竟喜歡一個人這麼久了啊，多少是了解他的。

終究他還是有點回應了，終於，只是慢了。

然而這個生氣，終於等到的這個生氣，仍是讓芊芊有了動搖。並不是認為自己跟小草可以重新開始，而是他的舉動說明了他仍是有點在乎自己的，而自己，是否放棄得太早？會不會她跟小草，其實是自己先不要了？

再跟著，又發現了君艾原來喜歡著允辰的事情，而且是還持續喜歡著……芊芊反覆問著自己：自己到底是錯過了什麼？或是自己根本是錯了？有人將她的腦子裡思路的迴線用手胡亂撥弄，她混亂不已，對小草、對君艾，甚至是對允辰。

就在這樣的時候，阿群提議了大家一起出去玩的計畫。是這個提議拯救了她。

就用它來當作告別吧，由旅行開始的緣分，就用另一場旅行來終結。芊芊當時這樣想。

不過，真正讓芊芊決定結束跟允辰的關係，其實是因為這樣的割捨對芊芊來說，並不為難。君艾或許是個因素，但並不是主因。

當然對於允辰有著一定程度的感情，芊芊當初是懷抱著認真的心意與他交往，可是，實際在一起後，卻也很快就發現這並不是她想要的愛情。不需要多激烈、多熱切，她已經不是少女了，但例如悸動、例如心跳，例如光是看到對方就覺得滿足，類似這樣的溫度，她都感受不到。她在允辰身上都感受不到這些。

允辰愈是對她好，恰巧就愈加展現了他的不足夠。愛情的殘酷。

就像是小草只消簡單的一句「我跟梅子分手了」所引起的震盪，在這些與允辰一起的日子，在他身上從來都沒發生過。而小草幾乎是毫不費力。兩者差得很遠、很遠。

另一種愛，但從來都沒有所謂的另一種愛。對她來說，從頭到尾都只有一種，小草的那種。不一定只有小草才做得到，但可以確定的是，允辰做不到。

所以當她跟允辰提起大家要陪小草出去散心時，刻意把地點引導到墾丁這個方向。去不了葡萄牙，那就去對小草有意義的地方吧，至少能夠以這樣的方式一起旅行，然後，就能沒有遺憾地一併跟他道別了。

不要再有悔恨了，夠了。

墾丁，是自己替自己下的一個休止符。

當時芊芊是這樣想的，只是後來事情的演變不在她的設想之內，最後竟成了現在這個樣子。

「允辰，」芊芊突然轉頭望向允辰：「我很抱歉傷害了你，可是你給不了我想要的愛情，而我，也同樣無法那樣回應你。但請你一定要相信，這不表示我沒有盡力過……對不起。」

芊芊的道歉讓允辰的眼神黯淡了下來，其實芊芊並不殘酷，他知道。甚至是他幾乎可以相信，芊芊是用了她所知道的最和緩的方式離開了他。殘酷的，向來都是愛情。可是，他心裡受傷的感受卻也是千真萬確。

「妳跟小草是何時在一起的?在墾丁時?或是更之前?」

現在問這些事根本就沒有意義，已經發生的事，再去追問過去從來都不是明智的事。可是允辰忍不住，他仍是想要抓住一點什麼，一點能夠平復他心情的東西。

「我跟小草是意料外的事情。去墾丁前，我並沒有什麼假設與其他想像。」芊芊搖了搖頭說：「那趟旅行，本來是我對自己的承諾，我把它視為一個對過去告別的儀式。」

「告別儀式……?」提出疑惑的是君艾。

「是我跟允辰，還有……對小草的畢業旅行。我打算在旅行後，就結束這些牽掛，重新開始。」說這句話時，芊芊又以抱歉眼神看了允辰一眼：「只是我並不知道小草也做了一樣的決定，得知後也很驚訝。」

「是那天晚上在草地上那塊石頭上知道的?」阿群提問，他也有想要解開的疑惑。他又想起了那片星空，以及在底下依偎的兩個人。

「嗯，就是那時候知道的。」

那個晚上在點亮星星草皮上大石塊所發生的事，當小草說出「這趟旅行是一個總結」這樣的話……芊芊怎樣都猜測不到。她從來都沒有覺得他們會死灰復燃，在她的心裡這趟旅行是一個句點，而不是逗點。可是就是發生了。不對，是任由它發生了。沒人有阻止的打算。

任何事都是這樣的，所謂的「水到渠成」，其實都包含了順水推舟，或多或少。常常我們以為控制得了的事，許多都是在設想之外；以為身不由己的事，都參雜了一些自願。

因此當天夜裡芊芊無法成眠。她的左上臂仍殘留著方才小草右手臂的餘溫，但會不會這一切都是幻覺？會不會……小草又後悔了？這樣的疑問在她的腦子裡打轉，在床上翻來覆去難以入眠。

幸好允辰是好睡的人，一睡著就不容易醒來。芊芊暗自慶幸這點。

或許就是因為這樣，所以也才給了她下樓的勇氣。她想要確認小草的心意、想要知道今天晚上他們是不是有了約定？或是根本只是誤會一場？當時沒說清晰的字句，此刻亟欲得到肯定。

芊芊躡手躡腳輕聲地開了房門，也不敢開燈，深怕驚醒其他人。因為大片落地玻璃窗的關係，才一踏上樓梯芊芊就看到了前院草地上那塊大石頭。方才她跟小草一起並肩而坐的那塊石頭，在星星照耀下，散發出幽暗的光。她發了一下呆，適應光線後，才又繼續往下走。

叩！叩！到了小草的房門口，輕輕敲了幾聲。芊芊已經刻意放低音量，雖然聲量不大，但在寂靜的夜晚中一樣在空蕩的客廳裡發出了回音。

沒回應？芊芊又敲了一次，裡頭還是沒有動靜。應該是熟睡了。正在掙扎要不要繼續等的時候，就聽到了細微疑似開門的聲音，但卻是樓上傳來的。之後還伴隨著窸窣移動的人聲。

有人起來了？被聽到了？還是只是單純有人起來上廁所而已？芊芊一陣慌亂，趕緊轉身，才走到樓梯口，就從欄杆縫隙看見阿群正要下樓。他的手緊緊抓著樓梯的扶手，小心翼翼地移動，想必是眼睛還未完全適應黑暗。

因為沒地方躲藏而且也來不及，要是跑到客廳躲在沙發後一定會被看見，念頭一轉，於是芊芊跟著踏上樓梯往二樓走，然後在遇到阿群時假裝嚇一跳，佯稱自己下樓上廁所。

芊芊當時以為這謊會成功的，因為阿群沒有不相信的理由。芊芊單純地這樣想。

隔天一早，當大夥兒聚集在餐廳吃早餐的時後，芊芊立即提議了要去鵝鑾鼻燈塔。本來這趟旅行就隨興，所以也沒有人反對。

「一早太陽就好大。」

離開點亮星星時才上午九點半不到，但陽光已經叫人睜不開眼，離開前，君艾還特地再喊了一聲：「大家再確認一下東西是否都有帶齊。」

是由小草開車，「墾丁是我的地盤。」他這樣說。

阿群一樣霸佔了副駕駛座的位置，其他三人坐在後座，芊芊在中間的位置。一坐上車，允辰下意識就牽起了芊芊的手，拉著擺到他自己的腿上，這是允辰的習慣之一。芊芊突然想起，在波多的時候，也是這樣吧。如同他們開始的時候。

因為允辰手心傳來的溫熱，才把芊芊的思緒從小草身上給拉了回來。自從昨晚開始，她想的都是小草，或是她和小草，根本沒有思考過允辰。即便自己早在昨晚之前就下了決定要離開他，但此刻她仍是允辰的女朋友。而現在還多增加了一份罪惡感。

其實要用什麼理由結束兩個人的關係，芊芊根本毫無想法。允辰對她很好，所有身為男友該有的、該做的他都有，唯一沒有的是讓她心動的感覺。這並不是他的錯。

可是，若真用這樣的理由分手，芊芊考量更多的反而是君艾。自己跟允辰是否還能當朋友，對芊芊來說並不那麼要緊。他們還沒認識這麼久，情誼還沒那麼深。而是，若用這樣的理由結束跟允辰的關係，可能會連君艾都一起給犧牲掉。

她知道君艾還喜歡著允辰，但她也清楚，君艾是個自尊心強的人，雖然外表看是圓融和善，但其實骨子裡有著剛烈的一面。這樣的君艾，是不會接受被自己所拋棄的允辰。

如果以這樣的方式結束跟允辰的關係，也就等於是阻斷了君艾跟允辰的機會。但芊芊並不想這樣。

那就讓允辰主動離開我吧。這是最好的方式，芊芊終於這樣想到，這是唯一可能的解套方式。

她盯著那隻輕輕扣住自己的手發著呆，突然一抹光影吸引了她的注意，星駕駛座椅背後方夾層正擺著一瓶水，陽光穿過窗戶玻璃照射在水瓶上所折射出來的光線。

方才駛往鵝鑾鼻燈塔的路上，途中他們先停了便利商店，大家下車買了水跟一些零食解饞。這瓶水就是當時買的，「我們兩個人先買一瓶就好，才不會要一直拿著太重。」允辰打開便利商店的冰箱門時這樣說。就跟在葡萄牙時一樣，水仍舊由允辰攜帶。

而此時，水瓶裡的水只剩下一半，方才一回到車上允辰就已經先灌了一大口。

真是的，明明知道自己很愛喝水，太陽又這麼大，幹嘛堅持只買一瓶。芊芊看著搖晃的水在心裡叨念著。突然一個念頭閃過她的腦海，就像是那抹水所折射出來的光，她知道該怎麼做了，就從這裡開始吧。

抵達鵝鑾鼻後，芊芊一直默默注視著那瓶水，終於在允辰喝下最後一口時，發了脾氣。

真要吵架原來是很容易的事，任何小事都可以是理由，但反過來說，其實也都不是吵的理由。就因為這次蓄意的爭吵，芊芊才明白了這件事。也所以當她看著允辰衝下山坡去買水的舉動，更加覺得過意不去。

旅行結束回到台北後，芊芊開始刻意跟允辰保持距離，見面的次數更是屈指可數，這不是因為她把時間用在小草身上的關係，而是因為她想用疏遠來結束兩個人的關係。總會有人先受不了的，總會。

再後來，芊芊也發現了允辰會透過君艾來打探自己。實在太容易發現了，因為她跟君艾已經熟到平常不會特別去詢問彼此的狀況，這近十年下來，早就培養出特有的默契了。所以當她特別來問「心情好嗎？」「最近好不好？」等關心時，反而顯得不自然，就跟波波獅的杯子一樣，唯一合理的解釋就是允辰是透過君艾來試探，畢竟他們是同事，而且是扣掉自己後，允辰最熟識的人。

對於幫自己喜歡的人來詢問另一個人的心情，芊芊不知道君艾的想法是什麼，可是她卻為此感到開心，是真心地在為君艾而開心著。或許，他們兩個會因此而有了連結，或許，這是她跟允辰關係裡頭所發生的最好的一件事，或許。

但不能讓君艾知道這件事。對於自己不要的東西，卻擁有著大方的念頭，是多麼自我膨脹的事。她一定也會對此感到卑鄙。芊芊知道君艾一定會這樣想，即便自己是真心誠意，但仍會逃不過類似這樣的指責。絕對要對君艾保密。

所以在當時，芊芊更確定了要用時間戰術，拖延她跟允辰的關係，希望最後是由允辰做出決定，然後平和地結束。唯有這樣的方法，才能夠不傷害到允辰，也才能夠成全君艾，也或者是，之後若君艾真的與允辰交往了，也不會因為要顧慮允辰的怨懟而選擇脫離原來的朋友圈。這是芊芊所能想的傷害最低的方式。說到底，其實是為了留住君艾才這麼做，也是一種保護她的方法。

只是芊芊怎樣也沒料到，阿群會搶先一步發現了她跟小草的事。

昨晚當阿群堅持要拿來書時，芊芊就覺得有點怪異，而且剛好就在小草離開後就傳訊息過來，太巧合了。

芊芊此時才明白，她昨晚預留半小時的遮掩其實並沒有意義，而當時阿群口中的「妳選擇了『加入』」，原來其實說的是，「她叛離了他，去了另一個陣營，小草那邊的陣營。」阿群並不是在指責她喜歡上小草，而是在責怪她拋棄了他。當時她不知道為什麼阿群會生如此大的氣，剛剛聽到他所說的話現在總算懂了。

昨天整個晚上，芊芊都在思索著如何跟阿群解釋，她還沒有打算告訴小草，因為他可能會直接衝去找阿群，這樣會更難收拾。但沒想到君艾卻在上午先來了電話，說要一起吃個午餐。

君艾從來都沒有來找過自己吃午餐，當時芊芊隱約就覺得不對勁，事後果然證明自己的預感無誤。

「我跟允辰在一起了。」

芊芊永遠記得，君艾的開場白。沒有寒暄、沒有客套。中午當她踏出辦公室門口，依約前往約定好的路口碰面時，遠遠地，就看到了君艾正站在樹下，凝視著遠方，彷彿已經在那邊等待了很久似的。等到她叫她時才回神，接著，就說了這句話。眼神仍像看著遠方一樣。

因為君艾表情的關係，一開始，芊芊還以為自己聽錯了，但隨即發現是真的。於是她說了「對不起」。她的道歉來自於，自己竟然從來都沒有發現君艾的心意，因而感到愧疚。可是同時卻也有一股安心之感油然而生，事情似乎走向了她想望的地方了。

然而，君艾卻生氣了。

比起聽到她跟允辰在一起了，君艾的激烈反應反而讓芊芊加倍感到驚訝。這不是君艾要的嗎？為什麼她要發脾氣？於是芊芊更使勁地道歉，希望先平息君艾的怒氣，只是她愈是低聲下氣，君艾就愈是怒不可抑。

「今後我們就不要再見面了，就當我沒妳這個朋友！」

最後，君艾丟下這句話轉身就走，留下芊芊一個人呆站在原地，仍然搞不清楚到底發生了什麼事？

就當我沒妳這個朋友！這是芊芊自昨天以來第二次聽到類似的句子，重重打擊在她的心上。

而在還來不及釐清原委，跟著下午就接到了允辰的電話，約定晚上要碰面。已經好一段時間沒跟他見面，從墾丁回來後，芊芊總是想盡辦法迴避再碰面，原本這回也打算繼續拖延，但隨即就想到，想必允辰會找自己是因為跟君艾的事吧，於是一口答應。

或許是到了該把話說清楚的時候了。

但在跟允辰碰面前，她需要先跟小草見面，所有事都要先讓他知道，包含阿群發現了他們的事、還有君艾跟允辰在一起的事。電話那頭芊芊先簡單跟小草說了晚上要跟允辰碰面攤牌的事，但細節等到晚上見面時再說。

只是很不巧，下班前她隸屬的部門臨時發生了狀況需要處理，所以原本七點半的約，芊芊一直到八點多才回到家。一進門，發現小草已經在裡面等了。小草知道備份鑰匙擺放在門口的第三層鞋盒裡。

「抱歉，臨時公司有事。」芊芊一進門就把手上的公司資料往牆邊丟，她知道即使回家也沒有時間跟小草多說什麼，但她還是決定先回來一趟，至少把手上的資料放下再去赴約。

「沒關係，妳吃了嗎？要不要先吃點東西？」小草在六點多收到芊芊的簡訊，表示會晚點回來，要他先吃飯，但他也一併買了她的晚餐，她最愛的壽司。

「太好了，我好餓。」

「妳不是說要跟允辰碰面？你們約幾點？」

「九點。」芊芊邊夾起壽司邊說：「現在幾點了？」

「八點四十了。」

「天啊，快來不及了。」芊芊趕緊喝了口茶，匆忙起身就抓起包包準備出門，她提早赴約的習慣還是沒改變：「不好意思，我可以晚點再打電話給你嗎？我先跟允辰碰面。」

「當然，妳快去吧。」小草揮揮手要芊芊趕緊出門，但正當她推門出去的時候，突然又喊了她一聲：「芊芊。」

「嗯？」芊芊手停在鎖頭上，回頭看著小草。

「那個……」小草支支吾吾。

「怎麼了嗎？」芊芊感到不對勁，把門闔上，整個人轉過來面對著小草。

「昨晚……梅子回來了。」

「什麼？」芊芊的反應比較不像是驚訝，而是疑惑：「她去找你了？去你家……？」

「對。」

「那你們說了些什麼？」芊芊此時語氣終於開始小心翼翼。

小草沉默了幾秒後才開口：「沒什麼，妳快出門吧，要遲到了。」他再次揮了揮手，

「晚點我們再說。」

「好，」芊芊猶豫了一下，隨即點了點頭：「你離開時，把鑰匙再擺回鞋盒裡就好。」

轉身離開。門開了又闔上。

跟允辰碰面的地點是芊芊挑的，她不能約在她家裡，因為小草晚上會來找她，也不能約太遠，因為怕來不及，所以便挑了距離住家附近步行不用十分鐘的連鎖咖啡館。

平日晚上的咖啡館只有稀稀落落的幾個人，一些上班族正在使用著筆電、還有幾個聚集在一起聊天的學生，原本就不大的店面，有一半的位子是空的。

允辰還沒有到？芊芊看了一下時間，才八點五十三分，剛剛她幾乎是用小跑步的方式過來。為自己點了杯熱拿鐵，同時也幫允辰點了杯熱茶後，她找了個角落的位子坐下。

五分鐘後，允辰到了，芊芊是被他的聲音從沉思中給喚醒。

「嗨。」

他不會回來了。

當芊芊抬起頭看著允辰的臉時，突然想起小草剛剛說的話，「梅子『回來』了」，他用的是「回來」這兩個字，而不是「見面」。小草一直都是個念舊的人，所以當初梅子離開後才會等了她這麼久。對於小草這樣的人，要割捨掉一段長久的關係從來都不是容易的事。

只要梅子出現，她就沒有勝算了。芊芊突然意識到這點。

其實芊芊自己也不知道自己跟小草的關係算不算是一對情侶，連她自己都疑惑著，雖然她跟阿群說了「我跟小草在一起了」這樣的話，但某種程度比較像是在堅定自己的立場罷了。

若他們不是在一起了，那自己又是在幹嘛呢？又是為何要把狀況搞得這麼複雜呢？何必呢？芊芊突然感到沮喪。

她跟小草始終都沒討論過這件事，甚至在墾丁的那一夜是最接近明說的狀態。唯一可以肯定的是知道正在往那個方向前進著，即便不是現在，但有天也終會抵達，或許是等到她跟允辰的狀況解除後……只是梅子出現了，過了今晚，小草不會再回到自己身邊了，芊芊清楚地知道了這件事。

他又再一次反悔了。

是允辰的問候再次把芊芊從沉思中拉回來，何必呢？她的腦海中突然跳出這一句話，

「最近好嗎？」

但隨即試圖再把注意力集中到他身上。

「都……還好。」芊芊尷尬地開了口，為了避開這份生疏，她只好把視線擺在手機上。

由於早就料到允辰今晚找自己的目的，所以當他詢問著自己為什麼變得冷淡？芊芊並沒有什麼特別的情緒，反倒是可以冷靜地說出自己認定的理由：「我們……太快了。」

她跟允辰在一起得太快了。她太急於想要重新開始，也太急於想要從小草身上離開。包含著賭氣也好、報復也罷，也改變不了兩個人太快在一起的事實。

與其說是在解釋，倒不如說是在澄清。

然而對於說出這樣的話的自己，芊芊並不感到內疚，因為允辰跟君艾的事恰巧抵銷了她的虧欠感。

「嘟！」突然掌心裡的手機震動了一下，訊息通知。芊芊低頭看了一眼，是小草傳來的訊息，訊息的開頭是「梅子」兩個字。她下意識地點開來看，上面只有短短的一行字：

「梅子……我們復合了，對不起。」

他又再一次反悔了，果然。

訊息也一如在波多時所回覆的一樣簡短，典型的小草風格。芊芊分不清是憤怒還是傷心的成分哪個比較多，但可以確定是有股深深的無力感籠罩她的全身。

「既然如此……」

允辰繼續開口，只不過此回他的語氣中明顯夾雜著怒氣。她不明白為什麼。

「我們分手吧。」接著，就是這句話。

這句話，是不是也就代表著，允辰承認了跟君艾的關係？這個疑問立即就浮現在芊芊的腦海，來不及做更多的思考，她就脫口而出：「你有喜歡的人了？」

但顯然這句話加倍惹惱了允辰，他幾乎是帶著怒意反嗆了回來。芊芊嚇了一跳，趕緊試圖和緩氣氛。但允辰無法被安撫，草草結束對話就離開。

分手了，就這樣……？允辰離開受，芊芊呆坐在原地，又想起了小草剛剛的簡訊。

幾乎在同個時間，一起跟小草以及允辰分手了。

芊芊突然覺得有點好笑。她並沒有感到強烈的悲傷，反倒是有種鬆了一口氣的心情。

對於這樣的感受芊芊自己也嚇了一跳，她當然是喜歡著小草的，對於允辰也不是全無感情，然而走到後來，她跟小草的關係已經像是一部冗長的無聲黑白長片，一開始的期待與興奮，隨著時間拉長，終於只剩下對結局的等待。

只是不再期待中間會有任何高潮迭起，而是專心等待落幕。

終於……塵埃落定了。方才的預感成真了。

「嘟。」手機又發出訊息通知，一樣是小草傳來的，但此回芊芊沒有點開，逕自陷入沉思。不知道過了多久時間，才終於起身回家。

步出咖啡店時，由於室內外溫度的差異，肩膀自然地縮了起來，像是在防禦一樣。剛剛來的時候有這麼冷嗎？芊芊在心裡詢問自己。這樣的溫度讓她想起了大家在墾丁的那個晚上，以及點亮星星草地上的那片星空。

這一瞬間，芊芊也突然明白了，他們五個人再也回不去以前了。

一起約在小角落聊天、一起嬉笑怒罵、一起當彼此的支撐，那樣的日子已經結束了嗎？是不是再也無法像以前一樣了？不只是失去了情人，而是失去一整段的青春。

一切都結束了嗎？包含他們的友情？只能這樣了嗎？

回到家後芊芊癱軟在沙發上，腦子不斷播放這樣的念頭。

比起與允辰，甚至是與小草的結束，芊芊最遺憾的其實是一群人的情誼就此畫下句點。自從小學最親近的奶奶過世後，她始終沒有歸屬感，一直到遇到君艾，她才有了親密的感受，接著再遇到小草、阿群之後，才終於覺得有一個可以安身立命的地方。

也所以，他們四個人的聚會總是由她發起，也總是約在相同的地方。他們四個人加上小角落那家咖啡館，是芊芊的家。她也總是最早到，芊芊沒對誰說過，但她心裡清楚知道，這其實是自己的安全感不足。並不是因為她貪玩，而是在她的心中他們都是比家人還親的人。他們是她最重視的人。

眼看就要失去他們了，然而她卻不知道該怎麼辦。說著不再當朋友的人、說著不要再見面的人、鬧著彆扭的人，如果無法被原諒，又要如何繼續下去。

要是他們可以回來就好了。

要是大家可以再聚在一起就好了，可以像以前一樣就好。

芊芊腦中不斷重複這樣的想法，而這些念頭最後都匯集成了一種像是無意識的行為，驅使她動作。耳裡似乎傳來了一些聲響，像是一種招喚，芊芊突然站起身，朝著書桌前進，她先是打開抽屜，角落一處靜靜躺著一把美工刀，黑色的不鏽鋼刀身包裹著銀色的刀片，上次使用它是拿來拆君艾送自己的禮物包裝。這多麼諷刺啊。

芊芊將刀子取了出來，推出鋒利的刀片擺在左手腕上，金屬的冰涼觸碰著她的肌膚，施一點力，好像有什麼溫熱的液體湧了出來，但她並不覺得痛。

白皙的皮膚熨出了一條細細的紅線，就像綁上了一條祈福的紅棉線一樣；鮮血滲了出來，襯著皮膚，也像是雪地裡鮮豔的紅花，一朵朵綻放了。

而此刻，芊芊以指腹輕輕刷著粗糙的紗布表面，這朵紅色的花，現在已經被包覆在層層的白紗之下。遮掩住了什麼，但對芊芊來說，其實現在才是揭露的開端。

「但是，我還是不明白妳為什麼要這樣做？」君艾仍是無法理解芊芊的思緒，那些藏在她心中的祕密，到底是什麼？「為什麼要用這麼激烈的手段不可？這麼危險……」

君艾的視線短暫落在芊芊的左手腕上，那裡包裹了太多的真相，隨即又抬起頭看著她。

「我從來都沒有想要自殺，我剛說過……割腕是很難讓一個人死的方式。」芊芊說：「我只是想把大家聚集起來。」

「什麼……？我不懂。」允辰還是不明白。

「你覺得發生了這些事之後，過了今晚我們還能當朋友嗎？」芊芊語氣有點激動，是今晚唯一的一次：「不，甚至是，我們還有機會聚在一起嗎？」

手腕上的那一刀，並不是一個要結束任何生命的方法，而是一個想要獲得新生的選擇。

允辰終於明白了芊芊的意思了，其他人也都懂了。

「所以妳才決定用這麼激烈的方法把大家聚集在一起？」小草皺著眉頭斥責：「太衝動了！」

「對不起，但我實在想不到更好的方法了。」用在手腕上劃一刀來把大家聚集起來，是多麼糟糕的選擇，芊芊其實知道。

「那傷口還好嗎？醫師怎麼說？」君艾又記起了傷，怯怯地問。

「只是淺淺的傷口而已，醫師已經做了處理，幸運的話，連疤都不會留下。」芊芊隔著紗布輕撫著手腕，幾乎沒有痛的感覺。

「怎麼會沒事，……阿群剛剛明明說，他進門時，妳已經昏倒在地上了，還流了很多血……」君艾說著說著，隨即發現矛盾點，允辰跟著抬起頭望向阿群，他也記得這句話。

「阿群早就知道了！」君艾驚呼出來：「他早就知道妳其實沒事，對吧?!」

空氣沉默了幾秒。

阿群終於緩緩點了點頭承認：「由我來說吧。」他看了芊芊一眼，彷彿在徵求同意，「是的，我早就知道芊芊其實沒事。」接著說出今晚發生的事。

「妳在做什麼！」

因為被小草電話裡語氣的焦急所感染，阿群迅速地趕到芊芊家。他用力地拍打了房門，並大聲喊叫著芊芊的名字。明明房裡的燈是亮的，卻沒有回應?……不會真的出事了吧?!

阿群又拍了一次房門。還是沒反應。

他想起小草提到的備用鑰匙，轉身找出小草所說的鞋盒打開，果然在裡頭發現了一把鑰匙。

阿群慌亂地打開門，隨即就看見芊芊正站在書桌前，手上拿著個閃亮亮的東西……

是刀子！還有……從她手臂滲出來的紅色鮮血，他吼了一聲。

「妳在做什麼！快住手！」見芊芊沒有反應，阿群快速衝到她身邊，抓起書桌上的衛生紙重重壓在她的手腕上，試圖止血。

芊芊的右手上還拿著刀子。

「妳在做什麼傻事，妳瘋了嗎？！」跟著抓起那把刀子往角落一丟，再把芊芊拉到沙發上，然後到浴室抓了一條毛巾捆在她的傷口上。

傷口並不深、芊芊的意識也清楚，流血速度也看似減緩了，讓阿群安心不少，但還是需要上醫院一趟。阿群本來想叫救護車，但在芊芊的堅持下改搭了計程車。

「妳到底在想什麼？妳不知道這樣會讓愛妳的人擔心嗎？」一上車，阿群先跟司機報了醫院名字，隨即轉頭再斥喝著芊芊，同時用手緊緊壓住她的左手腕。

「還會有人關心我嗎？」芊芊反問阿群。

因為昨晚自己的賭氣言語，所以當聽到這句話時，阿群感到一陣羞愧。

「當然啊，我們都關心妳。君艾、小草、我，還有允辰，我們都是……」

「剛剛，小草也跟我提了分手了。如果我們稱得上是一對情侶的話。」芊芊突然說出這句話，但語氣平靜。

「騙人！怎麼會?!」阿群驚呼了出來。

「而君艾跟允辰兩個人也在一起了，今天中午君艾親口跟我說的。」

「怎麼可能……」阿群反應比剛剛更大：「啊，所以小草就是知道這件事，才會叫我來看妳。」像是把最後一塊拼圖給補上了，此時終於看見了事情的全貌似的，阿群突然間恍然大悟。

這就是芊芊為什麼想不開的原因了。

「應該不是……」芊芊搖了搖頭。

「不是？為什麼不是？」

「因為我還沒有告訴小草關於君艾跟允辰的事。」

計程車上沒有播放音樂，也沒有廣播，異常的安靜。芊芊突然很感激這一點。

「但這樣不合理啊……」

「他之所以會擔心我，是因為他剛剛跟我說了一件事，他跟梅子——復合了。」

「什麼！這……」阿群睜大眼看著芊芊，剛剛才以為釐清了所有事，沒想到仍藏有祕密，一連串事情的揭露讓他措手不及：「所以……妳是因為小草才自殺？」

雖然驚訝，但或許是覺得芊芊沒有事了，因此阿群情緒明顯和緩了下來。

「不是，」芊芊再度搖了搖頭：「我是為了大家。」

「大家？」這句話阿群完全聽不懂。

「我覺得唯有用這個方法，才可以把大家聚集起來。」

到了此刻，阿群終於懂了芊芊口中的「為了大家」是什麼意思了，還有她做這件事的目的是什麼。因為就連他也想過，經歷昨晚之後，他跟芊芊要怎麼繼續當朋友？

是啊，背叛自己的情人與好友，還有離棄自己的對象，甚至是幼稚任性威脅著她的自己，若不把話說開、若沒有契機，再也沒有見面的機會了吧。某種層面來說，阿群不得不認同芊芊的想法其實並沒有錯。

「我想請你幫我一件事。」芊芊說。

「什麼事？」

「幫我打電話給大家，請他們來醫院。」

阿群明白芊芊的用意，她是想利用這個機會讓大家把話一次說清楚吧，唯有這樣，大家的關係才有可能可以繼續。

阿群點了點頭，從手機找出了允辰的電話……撥出。

再轉個彎，醫院就在眼前了。

聽完阿群的話，小草、君艾及允辰都驚訝得說不出話。不只是因為方才的悲傷情緒，現在還多了被捉弄的氣憤。

「對不起。」說完真實發生的經過，像是個做了錯事的小孩似的，阿群輕聲道了歉。他說的事，無疑又是在今晚投下了一顆震撼彈，誰都沒想到竟然是阿群跟芊芊聯手演了一場戲。阿群把大家領到急診室前的等待區，而芊芊始終都待在左前方的岔路通道上聆聽著、等待著。

「阿群，你怎麼會跟著芊芊開這種玩笑。」小草忍不住斥責了起來。

阿群的頭幾乎低到了胸口。芊芊感到一陣愧疚。

「你們不要責怪阿群，是我要求他配合我的。」芊芊開口替阿群求情。

「這種事是可以亂說的嗎？」小草仍是一臉的不可置信，先是看了阿群，接著又轉頭看向芊芊：「妳瘋了嗎？怎麼可以做這種傻事……」

芊芊沉默著。

「要是我沒要阿群去看看、要是阿群沒有去怎麼辦……要是真的無法挽回怎麼辦？妳怎麼會這麼莽撞！」小草試圖壓抑著情緒，這一句話幾乎是帶著沮喪。君艾輕拍了小草的背試圖安撫。

到了此時，芊芊終於明白了小草情緒會如此激動的原因了。

「要是……真的出事了怎麼辦？」以為失去的恐懼終於宣洩了出來。

「不會的。」芊芊仍是一貫平靜的口吻。

「什麼意思？」對於芊芊始終都保持的冷靜，小草充滿疑惑。就像是站在薄透的結冰湖面上，不夠堅固的地基，心裡感到不踏實。隱約感受到仍有未知的事物在等待著自己。

「因為……」芊芊緩緩開了口。

最後一個祕密了。

沒有人知道的祕密，就連阿群都不知道的祕密。

急診室的門突然打開，一位護士走了出來，伴隨著醫院裡特有的氣味，經過時，芊芊嗅到了一陣濃厚的藥水味，在鼻腔內瀰漫了開來。原以為習慣了，但其實沒有。

因為氣味的關係，芊芊突然想起他們四個人當時第一次單獨一起見面的地點也是在醫院，同樣熟悉的刺鼻氣味。

當時是大一開學的第二週。

「妳也感冒啦？」有點熟悉的聲音，芊芊抬起頭只看到一雙眼睛，臉的下半部都被口罩給遮住，一時認不出來是誰，直到看到眼裡惡作劇的神情，才發現是同班同學阿群。

「不是我，是君艾。」芊芊指了指正站在門外講電話的人影。

九月中時分，炎夏的餘溫還沒有散去，白天氣溫還熱得很，但晚上偶爾會有涼意，總之是不太穩定的氣候。一下冷一下熱，因為無法預知，所以容易掉以輕心，許多人便因此患了感冒。

「人家說只有笨蛋才會夏天感冒，果然是真的。」即使生病，阿群還是不改戲謔的個性。

「你忘了你也感冒？」芊芊笑他。

「我就是在說我啊，哈。」

「哈。」芊芊也笑了：「你一個人來？」

「不是，小草陪我來的。」阿群指了指另一頭，穿過幾個人，小草正坐在椅子上盯著手機看。芊芊心臟漏掉半拍。

「怎麼會感冒了？你看起來很強壯啊。」芊芊趕緊把視線拉回阿群身上。

「還不是因為那個招牌作業害的，整天騎車在外面跑來跑去的，吹了風所以感冒啦。」

芊芊點了點頭又問：「你幾號呢？」她秀出手上的號碼牌是87。此時電子螢幕顯示著75。

「喔，我不知道，號碼牌在小草那裡。」才說完話，芊芊來不及阻止，阿群已經轉頭喊了小草名字。小草從手機裡抬起頭，也看到了芊芊。

「嗨，妳也感冒了？」小草走了過來。

「不……」

「是君艾啦，我們幾號？」阿群插了話。

「喔，79。」

「我們贏了。」

「什麼贏了？」君艾正好講完電話進門：「你也感冒了？」

「看診順序啊，我比較前面，可以先看完。」阿群點點頭說道。

「可惡！」君艾故意這樣說，大家笑了。

雖然是同班同學，大家幾乎每天都會在學校碰到面，常常也會在同一間教室上課，但其實私下並沒有更多的交集。剛開學沒多久，大家都還處在陌生的狀態之中，所以像這樣四個人單獨聚在一起還是第一次。

這也是芊芊第一次跟阿群與小草說到話。醫院的候診間一下子就拉近了四個人的距離，彷彿像是一起經歷一件值得紀念的事一樣，突然間共同擁有了與其他同學不一樣的記憶。自此之後，他們四個人變成了一個團體，在學校會一起吃飯，放假時也會相約一起出去玩。而這個持續了近十年的習慣，現在或許就要結束了。

沒想到開始與結束，都是在醫院。就跟人的生與死一樣。芊芊突然一陣感傷。

飄遠的思緒回到了當下，四雙眼睛注視著芊芊，等著她揭曉答案。

「因為……」接著，芊芊緩緩說出了這句話：「刀子是在阿群聲音之後才出現。」

「妳說什麼？」祕密背後的祕密，讓阿群也睜大了眼睛。

「我是聽到了阿群的敲門聲之後，才去找出刀子。」芊芊話裡的鎮定，就像是在說一件稀鬆平常的小事一樣。

對照著其他四個人，阿群顯然受到更大的驚嚇。

「當時我正呆坐在沙發上，突然就傳來一陣急促的『啪啪啪』拍門聲，接著門外就傳來了阿群焦急的聲音『芊芊，妳在家嗎？開門一下。』」

是阿群。他怎麼會來？

「『……啊，一定是小草要他來的。』幾乎是毫無疑問，當下我就知道了這件事。也幾乎可以肯定，鑰匙位置小草一定也跟阿群說了，於是我才起身到書桌拿出刀子。」

「妳怎麼可以肯定這件事？要是沒有怎麼辦？」小草反駁。

「因為我聽到阿群翻鞋盒找鑰匙的聲音了，也聽到慌亂開門的聲音了。」

「啊，」小草恍然大悟：「……其實是因為阿群的出現，才讓妳決定要割腕，對不對？」原來真相其實是正好相反過來。

芊芊輕輕點了點頭。

「所以妳才會從頭到尾都這麼冷靜，因為妳都想過了。」

芊芊的話無疑又是一顆震撼彈。

「自國中奶奶去世後，我就一個人在外生活著，沒有歸屬感的我，而你們幾乎可以算是我的家人了，我不想失去你們。其實我很怕痛，但如果不這麼做，我覺得自己會後悔。」芊芊自顧自地說了起來。

她把視線擺向遠方，醫院的長廊與清冷的色調，還有面目模糊的人們。

「但是……」縱使芊芊說了她的想法，但大家的心情仍無法平復，被一個又一個的祕密翻攪著。就像是有人用力擰絞了自己的胃，把食物都給傾倒了出來，想吐，但卻只是痛苦地乾嘔。

「比起手腕上的疼痛，我更害怕再也見不到大家了。」

「芊芊……」聞言君艾又再度哭了起來。

「所以，我想把我們五個人都找來，讓大家把話都說請楚。我也不知道這樣是否有用，也不確定我們是否真的可以回得去從前，但我想要再回去點亮星星，想跟大家再一起回去那個時候……」

大家一片靜默。

「我沒有把這件事當成兒戲，我比誰都更加認真看待這件事。」芊芊說。

劃下那一刀時，芊芊腦海中浮現的是點亮星星那棟民宿，以及當時的他們。他們五個人就像是天上的星星，因為相遇而閃著亮光、有了連結，然而當初照耀他們彼此的光，如今將要黯淡了。

「你們知道什麼東西才能點亮星空嗎？」芊芊突然這樣說。

四個人同時看向芊芊，同樣沒人開口。

「是黑暗。」

然而，該把話說到什麼程度？又該怎麼說？說了，大家是否可以承受？其實芊芊都沒有把握。她甚至無法決定什麼該說、什麼又是不該說？就連自己的行為是否能夠被原諒，她也沒有把握。

話語就自然而然地到了嘴邊，跟著跑了出來了，就像事情發展到現在這樣，人可以控制的東西遠比自己以為的還要少。

人們總是高估自己的能耐，所以才會不斷犯錯，所以才會犯了錯後常常都收拾不了。

「唯有四周都暗淡下來了、都黑暗了，才可以看得見星星。」

然而芊芊卻知道，手腕上的那一刀，其實不是劃出鮮血的傷疤，而是讓光可以透進來的縫隙。

「只有在沒有光的時刻，才能發現光的存在。」

現在就是那個關鍵。要是此刻不這樣做，錯過了就沒了，大家就會鳥獸散了，就像是那些被時間給沖散的人們一樣，再也連不成線的星座。但她不要這樣，若這是最後的機會，芊芊選擇抓住。無法預測後果會如何，而她也無暇顧慮。

會被責備也好、無法諒解也罷，甚至是自此翻臉都可以，芊芊覺得她能再損失最多的，就是現在這樣了。她能失去最多的就是這樣了，所以她才做了這樣的決定。甚至她也清楚知道自殺所帶來的意涵與其本身難以抹滅的惡意感，但芊芊仍是選擇了賭。

他們是她最重視的人，她的家人。

每個人都有自己想要守護的事情，允辰想要守護君艾、君艾想要守護允辰、阿群想要守護小草，而小草想要守護梅子，然而對芊芊而言，最想要守護的就是他們之間的友情。

「我知道自己這樣做不對，但這卻也是我所可以想得到，能把大家都再聚在一起的方法了。一個可以把結打開的機會。」

這是唯一的方法了。不是疑問句，而是肯定句。

這樣想或許太天真了，也會被嘲笑，在手上劃一刀也是幼稚可惡的舉動，但卻也是這樣的天真一路支撐著他們所有人走到今天。他們相聚或別離，都是因為它。不要嘲笑自己的天真。

是該把話都說清楚的時候了，是該把星星都點亮了。看看光可以照耀到什麼地方，可不可以指引出方向。

把星星都點亮。

國家圖書館出版品預行編目資料

把星星都點亮／肆一著. -- 初版. --
臺北市：麥田出版：家庭傳媒城邦
分公司發行, 2016.12
面； 公分
ISBN 978-986-344-402-2（平裝）
857.7 105019795

把星星都點亮

作　　者／肆一
責任編輯／蔡錦豐
國際版權／巫維珍、吳玲緯、蔡傳宜
行　　銷／艾青荷、蘇莞婷、黃家瑜
業　　務／李再星、陳玫潾、陳美燕、枏幸君
總 經 理／陳逸瑛
編輯總監／劉麗真
發 行 人／凃玉雲
出　　版／麥田出版
台北市中山區104民生東路二段141號5樓
電話：(02) 2500-7696　傳真：(02) 2500-1966
blog：ryefield.pixnet.net/blog
發　　行／英屬蓋曼群島商家庭傳媒股份有限公司城邦分公司
台北市民生東路二段141號11樓
書虫客服服務專線：02-25007718・02-25007719
24小時傳真服務：02-25001990・02-25001991
服務時間：週一至週五09:30-12:00・13:30-17:00
郵撥帳號：19863813　戶名：書虫股份有限公司
讀者服務信箱E-mail：service@readingclub.com.tw
歡迎光臨城邦讀書花園　網址：www.cite.com.tw
香港發行所／城邦（香港）出版集團有限公司
香港灣仔駱克道193號東超商業中心1樓
電話：(852) 25086231　傳真：(852) 25789337
E-mail：hkcite@biznetvigator.com
馬新發行所／城邦（馬新）出版集團【Cite(M) Sdn. Bhd.】
地址：41, Jalan Radin Anum,
Bandar Baru Sri Petaling,
57000 Kuala Lumpur, Malaysia.
電話：+603-9057-8822　傳真：+603-9057-6622
電郵：cite@cite.com.my
印　　刷／中原造像股份有限公司
總 經 銷／聯合發行股份有限公司　電話：(02) 2917-8022　傳真：(02) 2915-6275
初版一刷／2016年12月

定　　價／新台幣300元

Printed Taiwan

[redacted]